Le petit peuple des mines

Collection
La Nuée Bleue Graine d'Histoire

Illustrations : Benjamin Strickler
Direction scientifique : Daniel Fischer
Direction littéraire : Sylvie de Mathuisieulx
Charte graphique : Blás Alonso García

1 – Sylvie de Mathuisieulx, *Des nazis habitent chez moi*

2 – Florence Jenner-Metz, *Il faut sauver la sorcière*

3 – Sylvie de Mathuisieulx, *Tempête chez les Celtes*

4 – Pascal Prévot, *Gutenberg et le signe du dragon*

5 – Nicolas Kempf, *Le petit peuple des mines*

6 – Florence Jenner-Metz, *Qui en veut au maître verrier ?*

Nicolas Kempf
Benjamin Strickler
avec Daniel Fischer

Le petit peuple des mines

La Nuée Bleue Graine d'Histoire

LES AUTEURS

Nicolas Kempf a travaillé dans une maison d'édition pendant une dizaine d'années. Il est aujourd'hui auteur de romans, de nouvelles, de biographies et de scénarios de bandes dessinées. Il vit à Sélestat, en plein cœur de l'Alsace.

Benjamin Strickler a illustré des dizaines de livres pour enfants – romans, albums et documentaires – pour, entre autres, les éditions Milan, Gulf Stream et Flammarion. Il vit dans son Alsace natale, à Strasbourg, où il aime se promener à bicyclette, boire des cafés en terrasse et se perdre dans les rayons des médiathèques.

jamincolors.ultra-book.com

www.nueebleue.com

Loi n° 49-956 du 16 juillet 1949 sur les publications destinées à la jeunesse, modifiée par la loi n° 2011-525 du 17 mai 2011.
Dépôt septembre 2021.

ISBN 978-2-7165-0903-9
ISSN 2740-2584

TABLE

pour David Bouvier, Céline Benoît,
Yvon Guilcher, Yves Taillabresse,
Pierre Kretz et Gérard Freitag

Chapitre

1

La fête des Brandons

Par tous les lutins, par le Sôtré, par le Petit Minou ! Où donc les autres pouvaient-ils se trouver ?

Remy marchait parmi les préparatifs de la fête, en jetant l'œil partout. La nuit qui descendait et l'éclat des torches gênaient sa recherche. Il devait éviter les mendiants, les poulets picoreurs, les marchands chargés de grands paniers de craquelins ou de poissons. Des adultes, déjà bien ivres, bavardaient en attendant l'heure de monter à la clairière. Parfois, l'un d'entre eux lançait une blague idiote, et ils partaient tous en arrière en rigolant, renversant tous ceux comme Remy qui traînaient dans leurs jambes.

Le garçon passa la main dans son visage fin, ébouriffa ses cheveux, déjà tout emmêlés. À quatorze ans, il était encore mince et pas très grand ; disons haut comme quatre pommes et demie. Sous sa chemise de lin bleu, il avait des muscles d'acier. Normal, quand on passe ses journées au fond d'une mine. Mais dans cette foule remuante, ses muscles ne servaient à rien. Et le gros fagot de bois qu'il portait attaché dans le dos l'empêchait de se faufiler où il voulait.

Avec les copains, ils s'étaient donné rendez-vous au centre de Sainte-Marie. Mauvaise idée : toute la population de la vallée se retrouvait là, au milieu du bourg, pour carnaval. La « fête des Brandons », comme on l'appelait par ici. Et chacun comptait bien s'amuser de toutes ses forces.

Il inspectait chaque ruelle un peu sombre : et si les copains étaient déjà là-haut ? Il leva les yeux vers les pentes de la montagne, inquiet. Là-bas, le bûcher flambait. L'heure du lancement approchait.

Il contourna un groupe qui discutait très fort. On critiquait les « Allemands », comme d'habitude.

— Je vous le dis, les gars, depuis qu'ils se sont installés dans la vallée, c'est plus comme avant. Les Saxons, les Bohémiens...

— ... Et *ja-ja* par-ci, et *nicht-nein* par-là, on ne comprend rien à ce qu'ils *déparlent* !

La femme qui parlait baissa la voix. Remy comprit en suivant son regard : le *Bergrichter*. Le juge des mines, un serviteur de l'empereur, saluait la foule à quelques toises de là. Plus amusant encore, un autre personnage arrivait en face, tout aussi important, grand, hautain, la moustache aiguisée et vêtu de noir : Jacques de Reynette, le superintendant des mines, avec sa propre petite cour. Le Lorrain n'avait pas encore aperçu son collègue allemand. En cette année 1533, les relations étaient tendues entre la Lorraine et le Saint-Empire germanique. Le juge des mines et le superintendant, ensemble, l'Allemand et le Lorrain dans la rue, face à face, cela promettait !

Le jeune garçon se secoua. Il n'était pas venu pour observer les notables ! Achille et les copains comptaient sur lui, bon sang !

Alors qu'il reprenait ses recherches, il fut emporté dans une gigotte. Une grand-mère, au bout de la chaîne de danseurs, lui attrapa la main. Remy n'avait aucune envie de danser. Il voulut se dégager, mais elle avait du muscle, elle aussi. Avec une grimace, elle le secoua comme un brin de paille.

— Vas-tu cesser, sorcière ! Je dois...

Le son de la flûte, du violon, des tambourins

couvrait ses protestations. Les musiciens souriaient à l'assistance. Le rythme rapide de la gigotte transmettait à Remy l'envie de... gigoter. Ce genre de musique vous rentre dans la tête et ne veut plus en ressortir.

Enfin, Remy s'arracha à la main de la vieille. Il s'approcha d'un étalage de craquelins. Il observa les empilements de pâtisseries en forme d'anneau, cherchant une pièce dans sa poche. Juste un petit craquelin et...

— Et alors, espèce d'oublieux ! Tu étais censé te dépêcher !

Il sursauta : Achille sortait d'une ruelle, en avançant de son pas souple. Plus âgé que Remy, plus élégant avec ses épais cheveux blonds, il le regardait avec mépris, comme le valet du jeu de cartes :

— Ah, Achille ! Je n'ai pas cessé de vous chercher ! Où étiez-vous ?

— Nous allions nous mettre en route. As-tu apporté les baguettes ?

Le garçon montra le fagot de châtaignier qu'il portait dans son dos :

— Ça a été une de ces histoires ! Mon père avait tout jeté au bois de chauffage, j'ai...

— Aucun intérêt. Viens.

Remy marchait d'un bon pas, à la suite de son camarade. Ils rejoignirent la bande au pied du sentier. Tous trépignaient d'impatience. Il y avait le gros Benoît, Elsbet et le jumeau Champier (Clément, le myope ; l'autre ne traînait jamais avec eux). Ils étaient tous peignés, vêtus de propre, et rouges d'enthousiasme.

Elsbet avait arrangé ses tresses en une coiffure de fête, sans doute fixée avec beaucoup d'épingles. Sur sa robe grise ordinaire, elle avait mis un de ses incroyables tabliers brodés. Tout cela n'était pas à la mode de la vallée, mais la petite Germanique ne s'en souciait pas. Elle semblait très fière de son élégance.

Quand elle vit arriver Remy, elle lui adressa un salut joyeux.

— Pardon, glissa le garçon, je vous ai cherchés mais...

Achille agita son collier de chidoles. Les larges disques de bois s'entrechoquèrent bruyamment.

— En route, bon sang !

Ils se répartirent les colliers, la planche, le billot, tout ce qu'ils avaient apporté, et attaquèrent la pente.

Le chemin passait sous une petite langue de forêt, puis se déroulait sur les prés. Ils montaient rapidement. Cela faisait des jours qu'ils se préparaient, qu'ils sculptaient les disques, qu'ils réfléchissaient aux prénoms à crier quand le moment serait venu. La véritable fête des Brandons avait enfin commencé.

Ils dépassaient de petits groupes d'adultes, tout essoufflés, ainsi que des couples qui ne se pressaient pas. Quelle drôle d'espèce qu'un couple d'amoureux ! Jamais Remy ne comprendrait ces bêtes-là !

En contrebas de la pente, d'est en ouest, s'étendait leur contrée, leur petit pays : le val de Lièpvre. Il avait la forme d'un Y couché, dont le grand pied pointait vers leur gauche, vers la plaine et Sélestat. Au sud, là où l'une des branches du Y disparaissait derrière le Rauenthal, les terres des sires de Ribeaupierre, les Alsaciens. Au nord, de leur côté, le long de l'autre branche du Y, les terres de Lorraine. Et, dans le creux de la vallée, tout en longueur, la bourgade de Sainte-Marie. Les torches de la fête clignotaient, traçaient à la lumière orange les rues et les places du village.

— Remy ? Comment on nomme *das* ?

Elsbet lui montrait les rondelles de bois glissées dans les poches de son tablier.

— Ben... des chidoles.

Elle plissa les yeux, pensive, et répéta maladroitement les syllabes. Elsbet était tyrolienne et parlait allemand. Avec sa famille, elle était arrivée à Sainte-Marie l'année précédente. Elle faisait des efforts énormes, chaotiques, pour apprendre le français.

Elsbet, Remy, tout comme Benoît, les Champier, et leurs parents à tous, travaillaient sur la même exploitation minière. La jeune fille croisait Remy à longueur de journée. Elle ne ratait pas une occasion de lui réclamer du vocabulaire. Pourquoi lui ? Il n'en avait aucune idée !

— *Ja*, d'accord. Chidoles. Nous avons aussi la fête-chidoles, à Schwaz. Nous allons sur une montagne qui s'appelle...

— Tais-toi, Elsbet. On arrive.

Achille lui avait coupé la parole.

De toute façon, il n'était plus temps de bavarder, car ils entraient dans la clairière. Il fallait s'organiser.

Le grand adolescent observa les lieux. Le brasier de la fête s'était changé en tapis rougeoyant. Partout autour des braises, des groupes s'installaient, déposaient leur matériel.

Il désigna un emplacement à ses troupes, qui se précipitèrent pour l'occuper, avec des cris de soldats qui chargent.

Sous la direction d'Achille, ils installèrent le tremplin : une simple planche inclinée, appuyée sur un billot. Le gros Benoît, qui portait cette pièce de bois depuis le départ, se trouva ravi de s'en débarrasser.

Achille termina les préparatifs en disposant les rondelles sur les braises. Au moment où Elsbet allait reprendre son récit, il la devança :

— Oh, ça va bien ! Tes histoires de chidoles ne nous intéressent pas. Nous avons les mêmes ici, nous savons tout cela par cœur. Personne n'a autre chose en réserve ? Du nouveau, si possible ?

Dans l'obscurité, Remy fut le seul à voir que la jeune fille avait blanchi sous la vexation. Mais elle respira un grand coup et reprit la parole avant qui que ce soit d'autre :

— *Ja*, oui. Je peux raconter *Bergleute*. Les peuples des mines. Il y a les petits nains, par exemple. Vous n'avez pas les petits nains, vous, *oder* ?

Elle vérifia du coin de l'œil : les copains l'écoutaient vaguement.

— Les petits nains ont de longs cheveux blancs *und* longue barbe blanche. La peau froide comme du poisson. À Schwaz, il y avait un mineur qui s'appelait Willy Erkenbald. Il s'était perdu dans sa mine un jour, et...

Elsbet enchaînait les idées à toute vitesse, en trébuchant sur chaque mot. Depuis des semaines que Remy l'avait présentée à la bande, qu'elle traînait avec les garçons, on ne la laissait jamais parler, on se moquait de son français. Mais elle tenait à payer son impôt en histoires, comme les autres.

Achille, indifférent, remuait les disques de bois dans le feu. Ils seraient bientôt prêts.

Remy observait Elsbet avec son joli visage chiffonné, concentré. Elle se bagarrait contre la moindre phrase, la moindre idée.

Les autres Tyroliens travaillaient dans d'autres mines et aucun n'était de l'âge d'Elsbet. Les Saxons du versant d'en face ? Ils étaient de l'autre religion, luthérienne, donc infréquentables ! Quant aux gamins lorrains en général, ils répondaient à Elsbet qu'ils n'avaient pas de temps à perdre avec elle. Une pensée traversa Remy : « Elle n'a que nous. Elle n'a pas d'amis de rechange. »

Et plus la jeune fille essayait de raconter son histoire de mineurs, plus elle agaçait ses camarades.

Achille la coupa à nouveau :

— Et voilà autre chose ! Les nains des montagnes ! Pourquoi pas les hommes à six bras ou les chevaux à cornes ?

— *Doch*, l'histoire est vraie ! riposta Elsbet. Je le jure !

— Et comment saurais-tu tout cela ? répliqua Achille, triomphal, la regardant enfin au fond des yeux. Comment saurais-tu tout cela ? Tu n'es jamais allée au fond !

La Tyrolienne, furieuse, lui retourna le reproche :

— Toi aussi *nicht*, Achille ! Alors, *du* te tais !

Et c'était vrai, Achille non plus n'était pas « du métier ». Il travaillait au logis de Monsieur de Reynette. Et apparemment, le caractère hautain du maître déteignait sur son employé.

— Oui, admit Achille. Mais toi, tu ne descends pas parce que tu es une fille !

— Et puis alors ? Je suis trieuse ! Je travaille aussi dur que les autres !

Remy voulut calmer le jeu. C'était la fête pour tout le monde, cette nuit. Et puis, il avait envie de l'entendre, lui, l'aventure de Willy Erkenbald !

— Laisse-la parler, Achille. Chacun peut apporter des histoires. Telle est la règle de notre bande.

— Ah, certes, si vous aimez écouter les arriérés du Tyrol...

C'en était trop ! Elsbet les planta là. Elle leur tourna le dos et partit à grandes enjambées, en crachant des jurons.

Achille approuva son départ avec un petit rire supérieur. Les autres se taisaient, ne savaient pas comment réagir.

Le grand adolescent se retourna vers eux et ouvrit les bras :

— Eh bien alors ? Les chidoles sont prêtes ! On y va ?

Il prit un « lanceur », une baguette de châtaignier, et le planta dans une rondelle enflammée. Il l'approcha du tremplin. Tout excités, les autres garçons oublièrent un peu ce qui venait de se passer avec Elsbet.

— Je crois que cette année, vous êtes assez grands pour lancer vos disques tout seuls. Est-ce que vous avez besoin que je vous montre ? Tu veux commencer, Benoît ? Tu sauras faire ?

Benoît, le jumeau Champier, Remy ouvraient de grands yeux : ils allaient pouvoir lancer les disques eux-mêmes !?

Achille tendit le lanceur à Benoît. Le gros garçon, fasciné, saisit la baguette. Il s'agissait littéralement de « jouer avec le feu ».

Avec des gestes soigneux, Achille plaça son camarade face au tremplin. L'autre fixait la roue de feu en miniature au bout de son bâton. Achille lui donna des instructions.

Benoît leva son bras, tira la langue puis projeta de toutes ses forces le disque enflammé contre la planche de bois. En même temps, il cria un prénom :

— Philippa !

Le disque rebondit violemment contre la planche et fila en tournoyant vers le ciel. Il parcourut une longue parabole avant de s'éteindre, puis de retomber vers la vallée.

Les autres taquinaient déjà leur camarade :

— Houu ! Philippa ! Tu ne nous avais rien dit, petit cachottier !

— Bah... À vous de lancer, d'abord !

Achille expédia une chidole, lui aussi. Mais son vœu, on ne l'entendit pas. Il se contenta de le marmonner.

La fête des Brandons battait son plein. Un peu partout autour de la clairière, les disques de feu filaient dans le ciel, portant des vœux de bonheur, des souhaits de mariage. Des dizaines de voix sortaient de l'obscurité et proclamaient le prénom de l'amitié ou de l'amour.

Remy, quand il lança son disque, se contenta de murmurer « papa ». Puis il chercha Elsbet des yeux. Dans l'obscurité, il n'avait aucune chance de la repérer. Peut-être qu'elle avait trouvé un groupe plus accueillant que le leur. Peut-être qu'elle lançait, en cet instant, son propre petit soleil dans la nuit.

Ou peut-être pas.

Chapitre

2

La procession du craquelin

Le travail de Remy était épuisant. Les nuits lui semblaient toujours trop courtes. Chaque matin, au moment de se lever, il se battait contre lui-même. Et les lendemains de fête, il devait se battre encore plus fort !

Mais il était l'heure de quitter le lit. À ses pieds, Remy pouvait sentir la masse du *Speiss*. Tout le monde possédait une de ces galettes de métal, résidu de fonderie. Le soir, on le mettait à chauffer, puis on le glissait dans son lit en guise de bouillotte. Remy toucha le *Speiss* du bout des orteils : glacial. Il les retira vivement.

La lumière lunaire entrait encore dans la maisonnette de mineur lorsque le père apparut à côté du lit. Le massif contremaître était déjà habillé, sa grosse barbe noire bouclée débordant de son capuchon. Comment faisait-il pour sortir de ses rêves, chaque matin, à l'heure dite ?

— Allez, bonhomme, je sais que tu ne dors pas ! Debout, hop !

Remy grogna un démenti, avant de se souvenir : si on répond, c'est qu'on est réveillé, non ?

Le repas du matin avait été catapulté. La mère, petite et vive comme un oiseau, s'affairait dans la *Stube*. Le père profitait du temps mort pour fumer un fond de pipe, en observant le ciel d'encre par la porte entrouverte. Seule la grand-mère avait le droit de s'attarder au lit.

Depuis qu'il travaillait à la mine, Remy recevait, comme son père, de la nourriture au lever. Les autres membres du foyer patientaient jusqu'au repas de milieu de journée. La mère ne travaillait pas à l'extérieur : elle prenait de l'ouvrage à la maison pour les voisins de la rue. Elle ne se permettait pas de manger le matin. Quant à la grand-mère, elle avait un tout petit appétit.

Le trajet vers la mine, à la lueur d'une lanterne, ne suffit pas à réveiller le garçon. Il n'y avait qu'une vingtaine de minutes de marche.

À mesure que leur troupe grossissait, le père, avec ses blagues et ses éclats de rire, attirait de plus en plus l'attention. De temps à autre, il se détachait du groupe et allait tambouriner à une porte, en braillant un nom de famille : en tant que contremaître, il était chargé de mettre tout le monde debout pour le travail du matin. Parfois, il entrait dans la maison, comme chez lui, et s'époumonait. Les portes ne comportaient pas de serrure : pour protéger quoi ?

À l'entrée de la mine s'étendait un large terre-plein couvert d'installations. On appelait cela le « carreau ».

Le travail démarrait tout doucement. Chacun se préparait pour ses huit heures de fond. Les hommes entraient à tour de rôle se changer dans la plus grosse des cabanes, celle que l'on nommait « poêle des mineurs ». Souliers épais, cuir fessier attaché sur les reins, capuche rabattue sur la tête, avec un rembourrage en foin qui dépassait tout autour du visage : par petits groupes, ils se racontaient leur soirée. Les plus cabossés d'entre eux s'attardaient à l'intérieur, appelaient à l'aide pour un coup de main : il y avait des dos en vrille et des cous tordus, des pieds en dedans, des épaules de traviole. La mine laissait sa marque sur les corps.

Le forgeron, debout dans l'entrée de l'atelier, se tamponnait le visage avec un chiffon. Il avait allumé sa forge. Il commençait déjà à faire chaud, à l'intérieur. Les ouvriers de marteau venaient prendre chez lui les colliers de pointerolles toutes neuves. Durant la journée, l'artisan repasserait sur l'enclume les pointerolles usées. Tous les jours, les mineurs ramenaient du matériel tordu, usé. Tous les matins, ils repartaient avec du matériel remis à neuf.

Ailleurs sur le carreau, sous les auvents à ciel ouvert, les femmes et les filles s'étiraient, faisaient craquer leur dos avant de s'installer à la table de triage ou à la bascule de lavage.

Remy essaya d'apercevoir Elsbet parmi les trieuses. Il ne vit rien, pas même l'ombre de son tablier multicolore. Cette tête de mule ne se montrait pas. Si ça se trouvait, elle l'évitait. Il savait qu'elle était capable de se vexer à mort, et pour longtemps. Mais il fallait bien le reconnaître : pendant la fête, ils y étaient peut-être allés un peu fort.

Quand les hommes furent prêts, le père de Remy se plaça sur le seuil de la maison du poêle. Il gueula un bon coup. Tous se rassemblèrent pesamment et, à sa suite, répétèrent les prières du matin.

Puis il sortit le coffre à suif de la maisonnette. Le suif, la graisse à lampe, était une substance précieuse. On la gardait jalousement, et les mineurs n'en recevaient chaque jour que le strict nécessaire.

Alors que les employés se mettaient à la file, par corps de métier, le contremaître s'assit sur le seuil et entama la distribution.

Les décombreurs entrèrent les premiers, avec leur auge pour porter les déblais. Aussitôt après partirent les tireurs d'eau, pieds nus, plus fatigués que tous les autres. Ensuite, ce fut le départ des ouvriers de marteau, la « noblesse » des mineurs, ceux qui attaquaient la roche brute à la force des bras. Les avant-derniers à entrer seraient les pousseurs de chariots ; le contremaître, enfin, fermerait la marche.

Tout ce mouvement bien ordonné recommençait chaque jour, depuis des années, depuis déjà presque deux générations. On avait toujours cherché le minerai d'argent, par ici. Mais depuis une quarantaine d'années, l'exploitation prenait de l'ampleur. Des galeries s'ouvraient partout, des mineurs qualifiés se présentaient chaque jour dans la vallée.

Quand Remy arriva devant son père, il prit son morceau de suif et s'attarda. Il avait prouvé sa bonne volonté en l'accompagnant jusqu'au carreau. Il avait bien préparé ses arguments. Ça ne pouvait que marcher.

— Mon père, je crois que je... J'ai un peu mal au ventre, ce matin.

Le contremaître répondit sans quitter des yeux son coffre et ses mineurs :

— Foutaises. Tu nous as déjà fait le coup la semaine dernière.

— Mais cette fois, c'est vrai, père ! Je pourrais rentrer à la maison, aider maman, et demain...

Le père claqua le couvercle du coffre. Les mal-réveillés, tout autour, sursautèrent :

— Ça suffit ! Tu as un travail, Remy, un poste ! Ces mots ont du sens pour toi, oui ou non ?

Rouge de honte, Remy se défendit :

— Mais là-dedans, je...

— Là-dedans, c'est le paradis sur Terre ! Pas vrai, vous autres ?

Les hommes autour d'eux s'esclaffèrent, blasés, et se tapèrent sur l'épaule. « Ouais, ouais, le paradis sur Terre, elle est bien bonne, celle-là. » Remy aurait voulu disparaître sous terre. Enfin, non, justement, pas sous terre.

La cloche de l'église sonna les cinq heures. Le père grogna :

— Allez, bonhomme, tu nous fais perdre notre temps. Va prendre un chien et mets-toi à la file, et que ça saute !

— Mais père...

— Pardon ?!

— Oui, Monsieur le *Huttmann*.

Remy rejoignit ses cinq collègues et installa son « chien » sur la piste de bois. Le chariot, encore vide, s'ébranla facilement.

Il ne fit pas attention au moment où il entra dans la mine. Tout de suite, il se cogna. Il n'y voyait rien. Il lui faudrait quelques minutes pour s'habituer à la pénombre. Encore cinq ou six toises de pierre friable, puis ils seraient dans la roche dure.

Les troncs de soutien, de part et d'autre, luisaient sous leurs lampes. Ce passage était toujours inquiétant. Il arrivait que cette section de terre et de pierre s'effondre, malgré les contreforts en bois. Spécialement à la fin de l'hiver, quand le ruissellement se faisait plus fort, c'est-à-dire à ce moment précis de l'année.

Remy décolla de son visage un papillon de nuit qui s'y était aplati, affolé par le remue-ménage. Les chiens de mine roulaient en grondant sur les rails en bois.

— Les copains, j'en ai une bien bonne: ce sont trois lutins qui vont au fond pour travailler. Le premier prend l'auge, le second prend le marteau, et le troisième prend... ?

Il n'obtint aucune réponse: une fois sous terre, on ne parlait pas, on ne chantait pas.

La frivolité portait malheur. Seuls les saluts et les bruits du travail étaient admis.

Il lui fallait descendre là, chaque jour, au milieu de ces collègues qui se méfiaient de lui. Il aurait voulu le leur crier : il n'était pas un espion de son père, le *Huttmann*. Il vivait tout comme eux, ni plus ni moins. Il devait supporter, comme eux, cette obscurité qui les mordait de toutes parts, à la lumière de leurs lampes. Aller et venir dans cette galerie qui obligeait les plus grands à avancer courbés, qui les cognait au creux des côtes.

Le ruissellement des eaux, l'égouttement, le mouvement de la rigole, sous leurs pieds, faisaient un chant continu. L'air passait en ronflant dans le faux plafond au-dessus de leurs têtes. Seule la montagne, ici, avait la parole.

Comme personne ne se souciait de sa misérable devinette, Remy se répondit tout seul :

— Le troisième lutin prend... ses jambes à son cou. Hé hé hé.

Il fut le seul à rire.

***

La période de travail s'achevait. Remy s'était arrangé pour fermer le dernier convoi. Bon sang, qu'est-ce qu'il était lourd, cet ultime chariot !

Le garçon avait son rituel. Quand la session touchait à sa fin, il s'arrêtait à un endroit particulier de la galerie principale. L'espace avait été élargi pour démarrer un puits. Celui-ci était abandonné depuis longtemps maintenant, mais l'élargissement permettait toujours aux convois de se croiser.

Il s'assit sur son chariot et sortit de sa poche sa réserve secrète : un craquelin emballé dans un mouchoir. La pauvre pâtisserie faisait triste mine, après huit heures passées dans l'air humide des galeries. Peu importe : elle venait de la fête des Brandons, elle venait du *dehors*.

Il pouvait voir, dans la paroi en face de lui, une sorte de fenêtre rectangulaire ouverte à hauteur de regard. Elle donnait sur une ancienne galerie de recherche, elle aussi abandonnée. Le sol de cette vieille galerie, plus élevée, arrivait au ras de la fenêtre.

Remy étendit son mouchoir dans l'encadrement de la fenêtre et y déposa le craquelin. Juste quelques minutes de pause. Il le dégusterait soigneusement, religieusement, puis il se remettrait en route avant que ses collègues le trouvent en train de flemmarder.

Il observa des têtards de salamandres qui gigotaient dans l'eau de galerie. Tout ce qui se passait ici était exotique. Depuis six mois qu'il poussait son chien dans les fonds, il n'était toujours pas habitué.

Oui, cela faisait six mois que Remy travaillait au fond. Son père avait tout organisé, tout manigancé. Le fait restait plutôt rare : le fils d'un contremaître n'avait pas à pousser des chariots. Mais le père de Remy prétendait qu'il fallait en passer par là, que c'était la meilleure école, qu'un futur *Huttmann* devait connaître tous les métiers. Remy n'avait pas osé lui dire qu'il se fichait bien de devenir *Huttmann*.

Comment faire pour ne plus descendre, plus jamais ? Impossible. On ne choisit pas son destin. De l'empereur du Saint-Empire au plus insignifiant tireur d'eau, chacun avait sa voie toute tracée. Comment faisaient les copains, le gros Benoît, les jumeaux, pour accepter leur sort ? Et Elsbet, à sa table de triage ? Il aurait bien voulu en parler à la « bande », mais Achille ne le laisserait jamais ouvrir le bec. C'est toujours le « grand » qui imposait les sujets. Il n'aimait pas qu'on évoque la mine dans la bande, et...

Et le craquelin n'était plus là.

Plus là !?

Il ne restait que le mouchoir de Remy, petit trait blanc dans l'obscurité de la fenêtre noire. Des sortes de... fantômes gris dansaient dans l'encadrement.

Remy se leva sans un bruit. Il s'approcha et avança le cou tout près de l'ouverture. De petites pattes allaient et venaient sur le mouchoir.

Il se pencha encore plus.

Des rats, des dizaines de rats gris et marron marchaient dans l'ancienne galerie. Mais alors, de la bête de concours ! Ils étaient tous gros comme des chiots, et se tenaient debout, sans peine, sur leurs pattes postérieures. Leurs museaux épais leur donnaient un air comique, mais Remy n'avait pas envie de rire. Ils couinaient une sorte de mélodie qui aurait pu ressembler à un cantique en latin, de loin, dans un tunnel. Et les plus fortes de ces bestioles tenaient au-dessus de leur tête, tel un saint en procession... le craquelin de Remy !

— Mon goûter ! Rendez-moi ça, bande de vermines !

Il tendit le bras par l'ouverture, le retira aussitôt : toutes les bestioles s'étaient figées pour le fixer de leurs petits yeux sévères.

Remy avala sa salive et répéta, un peu moins convaincu :

— Heu, rendez-le-moi. J'ai mérité... Je...

Ils le clouaient de leurs regards. Des centaines d'yeux brillants comme des billes. Certains portaient un veston, une paire de bottines ou, à la manière de Remy, un cuir fessier, mais miniature.

Comme le garçon continuait à protester, la foule remua, et une bestiole émergea au premier rang. Un rat tout noir, couronné d'un anneau de poils blancs.

— Le bonjour, Remy. Tu sembles en peine de quelque chose...

— Mon craquelin ! Il est à moi !

— La belle affaire. Nous aussi, nous avons travaillé pour le gagner. Tu nous l'as donné en offrande. Veux-tu vraiment le reprendre ?

Le garçon ne comprenait pas très bien la situation. Qu'étaient donc ces rats doués de parole ? On l'avait prévenu pour les chauves-souris, les salamandres, mais... ça !? Et comment connaissaient-ils son nom ? Il ne les avait jamais rencontrés auparavant !

— Alors, veux-tu vraiment récupérer ton craquelin ?

— Heu... Non, non.

— J'aime mieux ça. Allez, reprenez, vous autres !

Le rat couronné se tourna vers la troupe et agita impérieusement les pattes. La procession se remit à couiner le cantique. Les porteurs du craquelin continuèrent leur mouvement vers le fond de la galerie.

À mesure que les chanteurs s'éloignaient, Remy pouvait entendre les commentaires des bestioles les plus proches. Elles agissaient très naturellement, comme si sa grosse tête d'être humain ne se trouvait pas juste à côté d'eux, avec son air ahuri.

« J'exige une grosse miette, j'ai dix enfants à nourrir », disait une rate plutôt rondelette, avec un air important. « Mon mari est haut placé, j'ai droit aux bons morceaux », renchérissait une autre, plus hautaine encore. « Crois-tu qu'il y a du miel dedans ? » demandait un marron plutôt maigre à son voisin. « Ah, moi, je n'y toucherai pas, je suis allergique au froment », affirmait fièrement une fraîche donzelle. Il y avait même des ratounets qui ne disaient rien, et qui regardaient, de loin, la friandise avec une mine émerveillée.

Tout cela devenait trop improbable pour Remy. Quelque chose ne tournait pas, mais alors pas du tout rond ! Il recula vers son chariot et, fermement campé, entonna d'une voix forte, en latin, la messe du dimanche:

— *Suscipe sancte pater omnipotens eterne deus hanc immaculatam hostiam...*

Il ne put aller plus loin. Une marée couinant de rires, de ricanements, de moqueries déferla depuis la fenêtre de pierre. Les gros rats ridicules s'appuyaient aux bords de l'ouverture, se montraient du doigt le garçon, se tapaient le bidon. Ils étaient tous écroulés de rire. Par tous les lutins, par le Sôtré, par le Petit Minou, ces sales bestioles se fichaient de lui !

— Entendez-vous, vous autres ? Il nous déballe son *vade retro, Satana* !

— Ha ha ha hi hi hou !

— Il veut nous exorciser ! Dites-moi que je rêve !

Rouge de honte, Remy empoigna son chariot et le poussa dans la galerie. Il ne sentait plus le poids du chargement. Il ne voulait plus qu'une chose: fuir ces moqueries qui lui brûlaient les oreilles.

Il rejoignit enfin les pousseurs à l'extérieur. Il allait pouvoir dire à tous ce qu'il avait vu, dénoncer, alerter.

Les rugissements de son père le ramenèrent à la réalité :

— Remy, que fabriquais-tu encore ?! Tu mets tout le monde en retard, bon sang ! Tu es satisfait de toi, j'espère !

Le garçon ouvrit la bouche pour répondre à son père, expliquer les rats, le craquelin. L'adulte le toisait, furieux. Les décombreurs, les pousseurs, les trieuses, les jumeaux, Elsbet, Benoît, les gens de l'équipe du matin, ceux de l'après-midi, qui attendaient pour prendre la suite... Tous l'observaient, pas du tout amicaux.

Il baissa la tête et haussa les épaules.

— Non, rien. Pardon, mon p... Monsieur le *Huttmann*.

Chapitre

3

Un serment embarrassant

L'incident était clos. Personne n'avait envie de s'attarder. Le feu, la soupe, les pantoufles bien sèches les appelaient.

Les hommes entrèrent au poêle, l'un après l'autre, pour se sécher et passer leurs habits d'extérieur. Des éternuements éclataient. Le travail dans une mine d'argent n'était guère salissant, mais offrait à tous le rhume et la goutte au nez.

Ils se mirent en route en petits groupes pour rentrer chez eux, tandis que l'équipe de l'après-midi prenait enfin la relève.

Tout en redescendant vers la vallée, ils se joignaient aux ouvriers qui sortaient des mines voisines. La plupart se taisaient, encore dans leurs pensées ; ils n'avaient pas envie de parler, de revenir parmi les vivants.

Une petite pluie les surprit, et disparut aussi vite que venue. La saison des averses arrivait, ce qui ne réjouissait personne.

À mesure qu'ils descendaient, le bruit des bocards couvrait toutes les conversations. Les adultes avançaient plus vite, pour dépasser l'endroit. Les enfants, eux, prenaient leur temps : ce monstrueux boucan, ils l'adoraient.

Achille les guettait, adossé à un des ateliers. Remy, Elsbet et les autres le rejoignirent.

Ils connaissaient par cœur les bocards, et ils adoraient regarder fonctionner ces machines. Ce n'est rien d'autre qu'un automate de broyage, un marteau qui s'élève et s'abat tout seul. Une roue à aubes prenait sa force dans la rivière. Le mouvement de la roue soulevait quatre énormes marteaux-pilons, qui retombaient sur le minerai. Les ouvriers surveillaient les marteaux et ramenaient vers eux, avec leurs pelles, la roche écrasée.

Les gamins espéraient toujours voir une pelle se faire aplatir, mais les ouvriers du bocard connaissaient leur métier.

Les gros museaux de fer retombaient en cadence, écrasant le minerai sombre, huileux : la galène. On la fondrait ensuite pour en tirer du plomb. Seulement alors, le plomb serait re-fondu pour en extraire le précieux métal d'argent.

Achille donna le signal. La bande se remit en route, loin des oreilles indiscrètes des adultes. Quand ils purent de nouveau s'entendre parler, le grand adolescent les questionna :

— Alors, qui a une histoire ?

Elsbet boudait encore, et ne répondit pas. Benoît hésitait. Remy se lança :

— J'ai peut-être quelque chose. Bon, j'avertis, ça va vous sembler très improbable.

— Je l'ai pourtant redit mille fois, fit Achille, tout de suite énervé : les histoires délirantes, je ne...

— *Ich* veux entendre *seine* histoire, fit Elsbet. Chacun son tour a le droit d'être *lächerlich*, ridicule !

Achille souffla, mal à l'aise :

— Bon, si personne n'a mieux à proposer, vas-y, Remy. Nous t'écoutons.

Le garçon ravala sa salive. Finalement, évoquer sa rencontre dans les tunnels, ce n'était peut-être pas une si bonne idée.

— C'est arrivé tout à l'heure. Au fond. J'ai vu des sortes de rats ; de vrais monstres, énormes, mais plutôt gentils. Ils marchent sur leurs pattes de derrière.

Il questionna du regard ses camarades. Visages incrédules : ils ne savaient pas à quoi il faisait allusion.

— Bref, à propos de ces rats, savez-vous le plus beau ? Ils parlent ! Et en bon français, encore, comme vous et moi ! Et même qu'ils apprécient les craquelins. Car j'en avais emmené un avec moi, et...

Achille dépassa les autres et se plaça en travers du chemin :

— Sans blague, Remy ! Des rats qui parlent ?!

Ils s'arrêtèrent. Remy chercha l'encouragement chez ses camarades, mais leurs visages restaient fermés.

— Mais si ! Ils chantaient même une sorte de messe. Enfin, à ce qu'il m'a semblé. Cela sonnait ainsi : *squiik squik squisquiuiiiiik...*

— Arrête de raconter des *fiafes*, Remy ! Tu as croisé des rats de mine. Le reste, tu l'as rêvé, sans aucun doute.

Le garçon serra les poings. Il fallait qu'on le croie ! Si les copains n'acceptaient pas son histoire, personne ne le ferait !

— Je vous le jure ! Certains d'entre eux portaient des *rhabillements* comme les nôtres.

Une dame rate avait même des bandelettes d'épousée autour des oreilles !

Achille éclata de rire, plié en deux. Les autres explosèrent eux aussi, comme s'ils avaient attendu la permission du « grand ».

Sauf Elsbet, qui écoutait Remy, songeuse.

— Enfin, sois sérieux un instant, reprit Achille ! Et... pfff... que te voulaient-ils, ces rats qui parlent ?

— Je vous le dis : ils m'ont escamoté mon craquelin !

— Écoutez-moi, vous tous ! (Achille s'adressa à la troupe) Notre plaisir à nous, c'est de nous raconter les *choses vraies*, pas des stupidités de songe-creux ! Ce qui importe, c'est ce qui se passe dans la vallée et ailleurs, les nouvelles que les voyageurs disent à l'auberge ou sur le marché, les guerres, la vie des seigneurs lointains, les enfants de cardinaux, les princesses à marier, les découvertes... Mais des rats géants qui parlent, Remy, ce sont des fadaises, et rien d'autre !

— Et moi je prétends tout le contraire !

Je les ai vus, je leur ai parlé ! Ils savaient même mon nom !

Achille secoua la tête, tourna le dos au garçon :

— Reste avec tes fadaises de nourrice, pauvre petit poupon.

Remy les examina à nouveau, ses camarades, sa bande. Ils demeuraient sans expression. Il chercha le regard d'Elsbet. Elle faillit dire quelque chose, puis détourna les yeux.

— Puisque c'est ainsi... je fais serment ! J'apporterai une preuve. Une preuve qu'ils existent. Oui, j'en fais serment !

Il conclut, triomphal :

— Et vous serez bien embêtés !

***

Le garçon avait fini son service à la mine. Elsbet, comme chaque jour, l'attendait à la sortie :

— Remy, *sag mal*, comment on appelle *das* ?

— Pfff, je sais pas. Pourquoi me poses-tu toujours des questions ?

Il essaya de la décourager. Il prit d'un air décidé le chemin du village.

Mais il en fallait plus pour abattre la petite Tyrolienne. Elle pressa le pas et marcha à sa hauteur. Elle lui remontra les deux objets au creux de sa main.

— Ça ? Mais ce sont des dés. Je suis sûr que tu me l'as déjà demandé.

La Tyrolienne observa les petits cubes d'os en se grattant le front. Elle reprit maladroitement :

— Je n'ai *nicht* compris : des dés ? Dédés ? Deux dés ? Deux Mandés ? Un « des », comme dans « *des* chaises, *des* assiettes » ?

Remy eut un sursaut des épaules, comme pour faire tomber une lourde charge de son dos :

— Je ne peux pas t'expliquer mieux. Je ne sais même pas l'écrire. Un dé, c'est un dé, point. Si tu voulais savoir... t'avais qu'à être lorraine.

— *Das ist* une vraie réponse de crétin.

Ils avançaient doucement. Remy observait intensément ses souliers.

Encore une fois, il se montrait rude avec Elsbet.

Mais c'était de sa faute, aussi ! Elle venait toujours sans bonjour ni merci ! Elle avait ses idées en tête, et elle attaquait la conversation comme une pointerolle dans du rocher !

— Un dé, Elsbet. On dit un « dé », comme ça se prononce. C'est tout ce que je peux te dire. « Dé » est le mot le plus débile de toute la langue. Tu n'as jamais entendu l'expression « coup de dés » ?

— Beaucoup de dés ?

— Non, regarde...

Remy lui prit les dés, l'arrêta, s'accroupit et les lança à la surface du sentier.

— Le « coup de dés », la décision du hasard. Tu comprends ?

— Hmmm.

Elle hochait lentement la tête.

— Elsbet, pourquoi veux-tu tellement connaître notre langue ? Tu as déjà la tienne. Les autres, je veux dire les autres Allemands, ils parlent entre eux et ça leur suffit.

La jeune fille réfléchit. Manifestement, elle avait beaucoup à répondre. Mais il s'agissait de l'exprimer.

— *Ich* trouve dommage de ne pas comprendre *jeder*, tout le monde. Juste les *Tiroler*, mon papa, ma maman, ça ne fait pas assez pour moi. Je veux pouvoir choisir les gens avec qui je parle, *ja* ? Pas être bloquée à cause d'une « idiote langue » !

Remy ne trouva rien à répliquer. Il n'avait jamais réfléchi aussi loin. La langue, ça venait tout seul. On la prenait, on s'en servait, puis on la remettait à sa place.

— Je trouve... Les mots sont *wie* pépites, Remy, *wie* bijoux précieux, tu comprends ? Je n'aurai jamais un collier de princesse. Mais si j'ai un collier de mots, combien *fröhlich*, contente, je serai !

Et dire qu'il la prenait pour une bourrique, une sotte sans amis, une collante... En écoutant Elsbet, Remy se trouva soudain bien balourd. Qu'est-ce qu'on pouvait répondre à un pareil raisonnement ?

— Et toi ? fit Remy.

Elle l'interrogea du regard. Les deux s'étaient relevés et marchaient de nouveau sur le chemin.

— *Was*, moi ?

— Eh bien, c'est toujours moi qui offre des mots et des expressions. Tu ne me donnes jamais rien. Je t'ai apporté l'expression « coup de dés ». Et toi ? Moi aussi je veux un collier de mots !

Elsbet éclata de rire. Elle rit longtemps, imaginant Remy portant un collier. Elle lui donna un petit coup sur le biceps, il lui en donna un en retour.

Elle lui déroula une rafale de phrases en allemand et, devant sa mine ahurie, elle explosa de rire à nouveau.

— Mais tu as dit quoi ?

— Toi es vraiment nul, Remy ! Ça veut dire « jusqu'au jour de la Saint-Jamais ». Oui, c'est ça : « Saint-Jamais ».

— Mais c'est complètement idiot !

— C'est idiot mais c'est allemand ! D'ailleurs... comment vous dites, vous ?

— Heu... « à la semaine des trois jeudis » ?

Cette fois, Elsbet dut s'appuyer à un arbre pour rire à volonté. Face à Remy qui ne savait plus où se mettre, elle répétait « Trois jeudis ! Une semaine à trois jeudis ! » et elle en pleurait de rire.

Remy sentait bien qu'elle se moquait de lui, mais, d'une certaine manière, cela ne lui déplaisait pas. De la voir rire, franchement, pleinement, cela lui faisait du bien à lui aussi. Bientôt, il rigola aussi fort qu'elle.

Il chercha dans son vocabulaire les expressions françaises les plus ridicules. Elle voulait des mots ? Il allait lui en donner.

Chapitre

4

Le rat couronné

Les jours avaient passé. Au travail, Remy faisait profil bas. Le matin, il se levait sans ronchonner. Dans les galeries, il ne quittait plus d'une semelle ses camarades, même quand la période de travail se terminait. Mais il gardait toujours un petit en-cas au fond d'une poche.

Au moment de quitter la mine, il passait, avec un regret, devant la fenêtre aux bestioles. Il n'y voyait jamais personne. Il sortait son goûter et le grignotait tristement.

La preuve ! Il se rappelait sans cesse son serment. Les autres garçons, surtout Achille, le pressaient et se moquaient de lui. Mais pour prouver l'existence des rats qui parlent, pour ramener une preuve, il fallait les revoir. Et pour l'instant, les sales rongeurs ne se montraient pas.

Après deux semaines où il avait été un ouvrier parfait, Remy n'en pouvait plus. De nouveau, à la fin du service, il se laissa distancer et s'arrêta pour faire une pause dans la vieille salle du puits.

Cette fois-ci, il n'avait pas apporté un craquelin, mais une simple tranche de pain. Ce n'est pas tous les jours carnaval, non plus !

Comme la fois précédente, il déposa son offrande dans la fenêtre de pierre, puis s'assit sur son chariot et s'efforça de penser à autre chose. À force de se faire moquer par ses camarades à propos des rats des mines, il se demandait s'il n'avait pas rêvé. Après tout, oui, on trouvait des rats dans toutes les mines. La fatigue du garçon, le manque de lumière avaient-ils fait le reste ?

Il se releva, passa la tête dans la fenêtre de la vieille galerie. Le morceau de pain n'avait pas bougé d'une miette.

Il cria :

— Hou hou !

Il se sentit bête.

Alors qu'il allait se remettre au travail, il vit un mouvement dans la pénombre. Une créature apparut dans son champ de vision : le rat noir couronné de blanc.

L'animal s'approcha d'un pas traînant. Vu d'aussi près, on remarquait son échine cassée, son cou tordu, comme ceux des vieux mineurs humains qui, là dehors, se chauffaient les orteils près du poêle. Il est vieux, se dit Remy. Un grand-père rat.

— Voilà, voilà, on vient. C'est à quel sujet ?

— Heu... Les autres ? Où sont-ils ?

La créature s'accroupit devant la tranche de pain et en détacha un bout. Elle la mâchouilla avec plaisir.

— Les autres ? Ils sont au travail, pardi ! Dans les galeries, ils veillent sur vous, humains, pour vous éviter de commettre des âneries.

— Des âneries ?

— Eh bien oui ! Si nous n'étions pas là pour garder l'œil sur vous, pour fuir devant vous dans l'obscurité et vous ramener dans le bon chemin quand vous vous sentez perdus, faire rouler jusque sous vos pattes de beaux morceaux de minerai, avancer un peu le travail de mine quand vous êtes tous endormis...

— Vous vous moquez de moi, répliqua faiblement Remy.

— Pas du tout ! Et aussi, quand vous traversez une poche pleine de mauvais esprits, nous soufflons tous très fort pour chasser l'air empoisonné loin de vous. Vous vous dites que c'est le courant d'air. Et quand vous avez flanqué votre lampe par terre et que vous la cherchez comme des idiots, dans le noir, nous vous la remettons dans la main.

Remy s'esclaffa :

— Ha ha, vous me prenez pour une truffe ? N'importe quoi !

— Pense ce que tu veux, fit l'animal, vexé, en fronçant le museau.

Il reporta son attention sur son bout de pain.

Remy devait relancer la conversation :

— Bon d'accord, vous nous protégez de nous-mêmes. C'est entendu.

— *Gnon éch*aye, répliqua le grand-père, les joues gonflées de pain. Mais il y aura tou*ch*ours, glurps... un petit risque.

La créature avala sa bouchée.

— Et puis... Vous êtes bien plus nombreux que nous, ici au fond. Plus nombreux, ouida, même si on compte ensemble tous les peuples des mines, même avec ces fainéants de gnomes. Mais jusqu'à quand allez-vous ouvrir des galeries ?

— Comment cela ?

— Comment cela, « comment cela » ?! Le sous-sol est plus troué que le pantalon de mon beau-frère ! Il reste des trésors pour longtemps, dans ces montagnes (du talon, le rat piétina la roche), et nous vous aidons volontiers à les dénicher. Mais à la vitesse où vous creusez, tout sera épuisé en peu de temps. Et que deviendrons-nous ensuite, nous autres, quand vous serez partis ?

— « Épuisé » ?

Le vieux couronné soupira :

— Tu crois que le minerai est infini ? Tes petits-enfants, tes enfants, Remy, et peut-être même toi, vous finirez misérables. Vous devrez partir, chercher des filons ailleurs, et ainsi de suite. Jusqu'au dernier marc d'argent du dernier bloc du dernier filon de la dernière mine de la dernière montagne.

Le silence revint. Comment en étaient-ils arrivés à cette conversation, le vieux rat et lui-même ? Que pouvait donc répondre le garçon à tout cela ?

— Aurais-tu la possibilité de... les prévenir ? D'avertir ton espèce ? reprit le gros rat, plein d'espoir, en regardant Remy par en dessous.

— Pardon ?

— Qui est le maître des mines, là dehors ?

— Personne. Enfin si, il y a des gens importants : le superintendant, Monsieur de Reynette, qui est aussi l'actionnaire de notre exploitation.

— Et au-dessus de lui ?

— Heu... Le duc de Lorraine, Antoine le Premier. Mais l'autre versant est au seigneur Guillaume de Ribeaupierre, le Deuxième.

— Et encore au-dessus ?

— Eh bien... l'empereur. C'est lui qui est assis le plus haut.

— Alors c'est à lui qu'il faut s'adresser ! À l'empereur !

En s'imaginant la chose, Remy gloussa :

— Vous plaisantez ! Il habite à l'autre bout du monde ! Et puis, de toute manière, Lorraine et Ribeaupierre se disputent sans arrêt, et l'empereur ne veut pas s'en mêler.

— Bah, je suis bien roi, moi aussi, et je ne fais pas tous ces *attis* ! Je suis un rat tout simple. Bref. Tant pis, nous nous contenterons de ce Monsieur de Reynette.

Remy, sur la défensive, recula dans la galerie. Dans quoi la bestiole essayait-elle de l'embarquer ?

— Du calme ! Je ne le connais pas, le sieur de Reynette. Ça, c'est l'affaire d'Achille, un copain de la bande. Il est l'homme de confiance du maître.

— Son homme de confiance ? Voyez-vous ça...

Le grand-père rat regardait Remy, fixement, patiemment.

— N'y pensez même pas ! Achille est trop... Si je lui parle de vous, déjà, il va se moquer de moi dans les grandes largeurs.

— C'est fort dommage, concéda le rat. Et... ton père ? N'est-il pas *Huttmann*, contremaître pour le sieur de Reynette ?

— Mais enfin, mon père ?! Il ne m'écoute jamais !

Comme le rat le fixait toujours, Remy fit un geste découragé :

— Bah, que comprenez-vous donc aux affaires humaines, vous, les lutins ?

Le rat couronné explosa de rire :

— Lutin ? Ha ha ha ! Elle est bien savoureuse, celle-là ! Il faudra que je la raconte aux autres. Excuse-moi, mais... lutin ! Ha ha ha !

En essuyant les larmes au coin de ses yeux, il compléta :

— Pour ta culture personnelle, je suis un kobold, mon ami. Vos légendes nous présentent comme des vermines pleines de mauvaises intentions, ce qui est fort injuste.

Remy essayait de remettre ses idées en place :

— Mais alors, le Sôtré, les lutins ?

— Ce sont nos voisins. Ils habitent d'autres portions de la montagne. Les lutins sont des gens tels que vous, mais en miniature. Ils portent une capuche semblable à la tienne, mais toute rouge. Le Petit Minou est l'un d'entre eux. Il a un cœur d'artichaut, et tombe amoureux de toutes les jolies filles de mineurs. Le Sôtré, lui, est seul de son espèce, avec sa face terreuse et ses cheveux bouclés. Il passe son temps à chanter faux et à tourner sur lui-même, ce que je trouve fort agaçant, pas toi ?

Voyant que Remy ne savait pas quoi répondre, le vieux rat balaya le sujet d'un revers de patte :

— Bah, peu importe ! Tout ceci est archi-connu, non ? Parle-moi plutôt de *ton* monde : le voilà, l'inconnu ! Que faites-vous quand vous ne descendez pas creuser dans les galeries ? Vous n'avez pas de dames, de demoiselles ?

Remy eut une pensée pour Elsbet. Oh que si, il y avait des demoiselles !

— Quand nous ne creusons pas ? Ma foi... Nous lançons des disques enflammés et... nous dansons. Oui-da. Nous dansons la gigotte. Quelqu'un joue de la musique, et il faut se mouvoir sans écraser les pieds des dames.

— C'est idiot. Montre-moi.

— Eh bien... La musique sonne ainsi...

Remy fredonna un air de gigotte. Il tendit la main au kobold et saisit sa petite patte entre deux doigts.

— Ici, il faut imaginer que vous formez une chaîne de messieurs et de dames kobolds, en alternant. Et lorsque la musique fait *ta-tsi ta-tsoin*, vous avancez, vous levez le pied. Voilà.

La créature obéissait, et couinait (très faux) la mélodie de la gigotte.

Remy fit danser le kobold un moment... et suspendit soudain sa leçon :

— Malédiction ! Depuis combien de temps suis-je là à ne rien faire ? Je dois rentrer ! Je vais me prendre une *chmadrée* de mon père ! La dernière fois, je ne pouvais plus m'asseoir...

— Attends, Remy !

Le garçon s'était déjà remis à pousser son chien de mine. Le kobold couronné sauta dans la galerie des humains.

— Je n'ai plus le temps, je...

L'autre grimpa sur le chariot et se pencha vers lui, le forçant à lui prêter l'oreille :

— Écoute-moi, Remy. Je sais ce qui se passe dans ta bande. Vous vous laissez commander par ce garçon plus grand, Achille. Pourquoi ne l'envoies-tu pas balader ?

— Vous vous trompez, tout va bien. Adieu.

— Allons, mon garçon, un peu d'honnêteté !

Remy souffla, exaspéré : ainsi, même les kobolds, au fond de la mine, trouvaient moyen de critiquer sa vie ? Ah, la sale bête se fichait bien de lui, à le questionner sur les danses et les demoiselles. Le vieux en savait plus qu'il le prétendait !

Mais avant qu'il puisse répliquer, la créature lui mit un objet dans la main.

Un caillou.

— Prends-le ! Surtout, ne le perds pas ! Et puis apprends à être toi-même. Certes, Achille est plus grand, il parle mieux. Ce n'est pas pour ça qu'il a raison. Regarde Elsbet : voilà quelqu'un qui ne se laisse pas marcher sur les pieds.

— Mais Elsbet...

— ... est une fille, oui. Ne veux-tu pas te montrer digne d'elle ?

Le vieux kobold redescendit péniblement du chariot, puis se hissa, par la fenêtre de pierre, dans sa propre galerie.

— Je dois y retourner, Remy. J'ai du travail. Songe bien à tout ceci.

Il n'était déjà plus là, avalé par l'ombre.

Le garçon examinait le caillou dans le creux de sa main. Il n'avait pas vu d'où le kobold l'avait sorti. Il n'avait pas repéré de poche dans sa fourrure.

Un bête caillou, dans un monde de cailloux.

Pourquoi celui-ci ? Était-il... magique ?

En tout cas, voilà qui pouvait résoudre son problème de serment.

Chapitre

5

Bataille rangée

— ... Et on a sorti de la mine Sainte-Anne, l'année dernière, près de quatre cents marcs d'argent. Le poids d'une brebis, une belle grosse brebis tout en argent ! Si nous creusons bien cette année, nous pourrons faire aussi bien dans notre mine à nous !

Le père agitait vers son épouse sa cuiller de bois emplie de soupe. La mère faisait vaguement semblant de l'écouter. Lancé dans ses démonstrations, il ne se rendait pas compte qu'il ennuyait. Il occupait la conversation, comme toujours. Remy et sa grand-mère mangeaient sagement leur potage. De toute façon, le garçon était trop affamé pour parler. Après ses huit heures de travail, il aurait dévoré une vache, sabots compris.

Dans la demi-pièce voisine, la mère remuait les escargots sur le fourneau. Il fallait bien les surveiller, les petites bêtes. Une seconde de distraction et elles pouvaient brûler.

Remy n'aimait guère les escargots, mais cela ne coûtait rien et on en trouvait partout. C'était le plus gros gibier à leur table. L'arquebuse de son père, suspendue au-dessus de la porte, figurait surtout là pour la décoration. Le *Huttmann* visait comme une pantoufle, et évitait tous les concours de tir. Il n'aurait même pas pu abattre l'épouvantail dans son potager. Alors, chaque jour ou presque, il y avait de l'escargot au menu. Heureusement que la mère de Remy savait les cuisiner.

Le père poursuivait son exposé. Remy attendait l'ouverture, le bon moment. Il saisit un instant où le *Huttmann* reprenait son souffle pour demander :

— Mon père, vous dites qu'on produit plus d'argent aujourd'hui, mais comment l'expliquer ? Les gens étaient plus paresseux, autrefois ?

L'homme eut un petit rire, échangea un regard amusé avec sa vieille mère :

— Paresseux ? Certainement pas ! Nous avons simplement amélioré les pratiques. Tu as déjà entendu parler de la machine de levage de Saint-Barthélemy ? Une merveille, une chose à voir, crois-moi ! Et même... ton chien de mine, tiens.

— Comment, mon chien de mine ? fit Remy, dubitatif.

Il ne voyait pas bien en quoi ce chariot qu'il détestait par-dessus tout pouvait être une « merveille ».

— L'idée de les faire rouler entre deux rails de bois, avec un clou pour les guider malgré l'obscurité, cela permet de sortir les roches plus vite ! Tu imagines si tu devais porter une hotte, au lieu de pousser ton chariot ?

Remy avala prudemment une cuillerée de soupe. Il n'avait jamais songé à une pareille chose. Le père s'emballa :

— L'on pourrait utiliser le système hors des mines, dans la campagne, pour transporter toutes sortes de marchandises. Avec des chariots plus grands, ce serait possible. Une espèce de « chemin de bois » ! Qu'en dites-vous ?

« C'est le moment, pensa Remy. Il est tout heureux, il va m'écouter. »

— J'ai entendu que les mines finiront par fermer.

Le père s'interrompit, cuiller en l'air :

— Heu ?

— Oui : et si le rendement se mettait à baisser ? Les filons à diminuer ? Imagine qu'on ne trouve plus d'argent dans les galeries : que deviendront les mineurs ? Ils ne savent rien faire d'autre. Et ceux qui leur vendent des marchandises ? Et les fondeurs, les transporteurs, tous ceux qui ont besoin du minerai pour vivre ? Il faudra partir, ou bien rester et changer de métier. Ceux qui sont trop vieux, trop cassés ou trop bornés pour changer de métier, ils se mettront à un coin de rue et demanderont la charité aux passants. C'est possible, non ? Combien notre mine a-t-elle produit, l'an dernier ?

Le père fixa son fils, ahuri :

— Beuh... Je ne sais pas. Non, je ne pense pas. Enfin, certes, si, mais ce n'est pas si inquiétant.

Tout le monde observait Remy avec des yeux ronds. D'où le garçon avait-il ramené ces idées ? D'habitude, il rêvassait à table et restait muet.

— Tout de même, père, si quelqu'un pouvait en parler à Monsieur de Reynette... Histoire de diminuer cette folie, ou d'être un peu mieux préparés.

À cette idée, l'homme se leva, repoussant sa chaise loin derrière lui. Sa voix, faite pour distribuer les ordres, pour commander à ces têtes de mules de mineurs, sonnait trop fort dans la petite maison. Pointant la cuiller vers son fils, il rugit :

— Que viens-tu donc me chanter là ?! Monsieur de Reynette ? Et pourquoi pas le pape, tant que tu y es ?! D'ailleurs, qui t'a donné la parole ? Nous sommes à table, je te rappelle ! Qui es-tu pour me dire ce que je dois faire ? Tu n'es qu'un *veyon*, Remy, un simple mioche. Garde bien ça en tête !

Remy aussi était à bout. Consciencieusement, il avait répété le message du kobold. Cela faisait deux jours qu'il attendait le bon moment. Et voilà ce qu'il recevait en retour ! Tout le monde l'écrasait, depuis des jours et des semaines. On ne lui laissait aucune place, sinon celle d'un morveux qui ne sait pas ce qu'il raconte.

Il se leva lui aussi, repoussant sa propre chaise (mais moins loin) :

— Je sais ce que je raconte ! Ce sont les kobolds qui me l'ont dit ! Leur roi est venu me parler dans les galeries ! Il m'a expliqué ce qui se passe ! Il m'a donné un message à transmettre. Il faut aller prévenir le sieur de...

— Les kobolds ? Mais tu te fous de moi, ma parole ! C'est complètement stupide ! « Kobold », « cobalt », ce n'est qu'un mot des Allemands pour parler des déchets de mine, des stériles. Les kobolds, ça n'existe pas ! Tu ne vas pas finir comme mon p... comme ton grand-père !

Remy, au bord des larmes, insista :

— Si, ils existent, père ! Je les ai vus ! Leur roi m'a même offert une pierre précieuse !

Il farfouilla dans ses vêtements et exhiba, aux yeux de tous, le caillou du roi couronné.

Depuis leur rencontre seul à seul dans les galeries, Remy gardait cette pierre sur lui. Il avait pris l'habitude de la toucher, au fond de sa poche. Quand il la serrait dans ses doigts, il lui semblait que la pénombre des tunnels reculait loin de lui.

— *Baille*-moi ceci, fit le père, avec un calme terrible.

— Mais... Non !

— Donne-moi cette chose tout de suite, Remy !

— Il est à moi !

Le père contourna la table. Il tendit la main à son fils, sa large main, faite pour empoigner des rochers.

— Je ne veux pas que tu le gardes. *Baille-le-moi.*

Remy avança le bras malgré lui. Laborieusement, à l'encontre de tout son cœur, de tout son être, il laissa tomber la pierre des kobolds dans la paume de son père.

Puis il sortit en pleurant.

***

Le repas était achevé depuis longtemps, mais les trois adultes restaient autour de la table. La mère et la grand-mère de Remy avaient sorti leur ouvrage de couture. Le père s'était bourré une pipe. Il tirait dessus par réflexe, sans même remarquer qu'elle était éteinte.

— Pourquoi verrait-il des kobolds et pas moi ? Ni personne d'autre ? Et puis, bon sang, il ne faut pas évoquer ces choses-là. Cela porte malheur !

Les deux femmes gardaient le silence. Le *Huttmann* poursuivait son dialogue avec lui-même :

— Remy est trop sensible, voilà tout. Trop... lunaire. Quand ses frères aînés habitaient encore ici, il avait un caractère différent. Là, il se retrouve seul avec nous, les vieux.

Il éleva le caillou à la lumière de la fenêtre pour l'observer.

— J'ai bien fait de lui prendre cette pierre. J'en suis certain, j'ai bien fait ! Je ne sais pas où il l'a trouvée. Les stériles de notre mine renferment parfois de l'arsenic.

Il le reposa sur la table et s'essuya longuement les mains à son pantalon.

Son épouse glissa :

— Tout de même, si on laisse de côté son histoire de kobolds... Si la mine va vers son épuisement, ne faudrait-il pas aller le trouver, le sieur de Reynette ?

— Aller parler d'épuisement du filon au premier actionnaire ? Allons, Jeanne ! Non, non. Mon travail est de veiller à la bonne exploitation, à la sécurité de nos gens. Si le filon s'épuise, ce n'est pas mon affaire ! C'est celle de l'ingénieur, du patron, de... je m'en fiche de qui, mais il n'a qu'à aller se faire pendre !

Il s'aperçut que sa pipe était froide, pesta, puis alla cueillir une braise dans le poêle pour la rallumer.

Il se rassit devant les deux femmes et prit la main de son épouse :

— Remy a quatorze ans mais, pour moi, il demeure un tout-petit. C'est difficile pour un mioche là-dessous, je le sais bien. Un monde sévère, pénible. La peur fleurit dans tous les coins obscurs ; la peur et les rêves éveillés. Te rappelles-tu, la mère, comment le père a fini ?

Il guettait les réactions de la vieille femme.

— Je ne... Je ne veux pas qu'il arrive la même chose à Remy. Jamais. C'est pour cela que je m'énerve quand... quand il nous sort une calembredaine.

Et comme il ne recevait, à nouveau, que le silence en réponse, il farfouilla dans les grosses boucles de sa barbe :

— Je... Je sais que je suis bête comme les quatre pattes d'un cheval, comme on dit chez nous. Mais je vais m'occuper du petit, Jeanne. Je trouverai une solution. Tout ira bien.

***

Remy traînait dehors. Il traversait les rues du bourg, sans faire attention à rien, ni au soleil de février, encore un peu pâlichon, ni aux maisons. Elles se ressemblaient toutes, de toute façon. Tout lui était égal. Il lui semblait porter une lourde charge sur les épaules ; cinq mille marcs de plomb, au moins.

Il restait une possibilité à tenter : Achille.

Achille connaissait le sieur de Reynette. Il travaillait chez lui, à son logis. Il était un de ses plus proches fidèles, son homme de confiance, comme il disait. Remy devrait s'y prendre mieux, bien sûr, ne plus parler des kobolds. Mais cela méritait d'être tenté.

Il savait où retrouver les copains : le coin aux billes. Ils avaient découvert cette petite cour dans une impasse oubliée, en plein Sainte-Marie. Un carré de sable servait de piste. Aucune autre bande ne connaissait l'endroit. Le plus parfait des terrains de jeu.

Quand Remy rejoignit les autres, ils avaient déjà commencé une partie. Ils avaient ratissé le terrain avec la tranche du pied, et dégainé leurs meilleurs projectiles. Des billes en terre traînaient un peu partout sur le champ de bataille. Elsbet, un œil fermé, bille en main, accroupie à ras de terre sans se soucier de son joli tablier, s'apprêtait à placer un coup parfait.

— Ah, te voilà enfin ! fit Achille.

— Salut. J'ai eu des fâcheries à la maison.

Il cherchait comment amener son problème à Achille. Cette fois, plus question d'échouer !

— N'as-tu rien pour nous ? fit le grand.

Remy prit son souffle et...

— Nous avons assez attendu. Montre-la, poursuivit Achille.

— Heu... vous montrer quoi ?

— La preuve. Ne joue pas à l'andouille, Remy ! La preuve de l'existence de tes gros rats qui parlent !

Remy se serait giflé. Son fichu serment ! Il lui était sorti de l'esprit, avec tout cela. Il avait bel et bien détenu une preuve, mais...

— J'ai... J'avais quelque chose, oui, mais mon père me l'a pris.

Le souvenir de la scène du repas pesait sur lui à nouveau, de tout son poids.

— Je vais récupérer l'objet ce soir. Je vous l'amène demain, promis.

— Vous l'entendez, vous ? Il nous l'amène demain !

Achille interpella les camarades. Benoît et le jumeau Champier rigolèrent.

Elsbet s'était relevée. Elle ne riait pas. Inexpressive, elle se rapprocha de Remy.

— En fait, reprit Achille, voici ce qui va se passer. Tu vas faire demi-tour, tu vas trotter de toutes tes petites jambes jusque chez toi. Tu vas récupérer ta chose, puis nous la rapporter. Tant que tu n'auras pas honoré ton serment, tu ne reviendras pas dans la bande.

— Mais je veux être avec vous maintenant ! L'affaire peut attendre demain !

Achille lui faisait barrage. Remy voulut le bousculer, le contourner. Le « grand » lui donna une taloche.

— Rentre chez toi, j'ai dit !

Elsbet vint bousculer Achille et s'écria :

— *Ich* veux lui rester !

— Pas question !

Achille donna une autre taloche à Remy. Sans réfléchir, le garçon lui répondit en lui flanquant son soulier dans le tibia. Le grand adolescent lança un affreux juron et appela les autres à son aide. Ils se tombèrent tous dessus.

Remy se battait côte à côte avec Elsbet. Il l'apercevait entre deux esquives, deux gifles allongées au hasard. Les nattes à moitié défaites, les cheveux en bataille, le jupon tout crotté, elle serrait les dents et rendait chaque coup. Il n'avait jamais vraiment fait attention à elle, pour tout dire. Mais en cet instant, la jeune fille était enragée, vivante ; invincible.

Seulement, à deux contre trois, dont cette grande perche d'Achille, Elsbet et Remy ne pouvaient pas gagner. En deux minutes, ils roulèrent dans la ruelle, hors du terrain de billes. Achille, debout entre eux et le terrain, leur brailla :

— On ne veut plus de toi dans la bande, Remy, c'est bien compris ? Ni toi non plus, Elsbet ! Dégagez d'ici ! Pour toujours !

Chapitre

6

Küsschen

Remy et Elsbet marchaient dans la campagne, côte à côte, sans se regarder. Remy donnait des coups de pied dans chaque caillou du chemin, sans voir où il l'envoyait. Elsbet faisait exactement la même chose.

— Je ne comprends pas, souffla Remy, pourquoi Achille nous hochepouille à ce point-là. Il a déjà tout ce qu'il lui faut : il est grand, il a sa propre maison. Il a un bon métier, et même pas besoin d'aller à la mine ! Pourquoi m'embête-t-il dès que j'ouvre le bec ?

— Le problème ne vient pas de ton bec. *Aber*, tu sais comment rêver. Nous voyons tous que tu n'es pas comme les autres. Ça les apeure.

— J'aimerais mieux ne pas avoir de différence, alors, et qu'on me laisse tranquille !

— *Ich mag so*, moi je t'aime comme ça, glissa Elsbet, d'un filet de voix.

Remy ne trouva rien à répondre.

Elle soupira :

— Peut-être qu'il y a autre chose. Tu m'as apportée dans la bande. Mais Achille ne nous aime pas trop, *wir, Andere*, nous Allemands.

— Pfff, n'importe quoi !

Elsbet arrêta Remy de la main :

— Tu peux expliquer à moi *was ist das Problem* avec les Allemands ? Ici, sur le versant lorrain ?

Remy dansa sur ses jambes. Lui-même n'y comprenait pas grand-chose.

Quelques années auparavant, un brigand allemand avait attaqué la vallée ; un homme de l'empereur. Encore une fois, à cause de l'argent des mines. Le bandit avait tué de nombreux Lorrains, et aucun Alsacien.

Plus tard, les paysans alsaciens s'étaient révoltés. Ils voulaient changer de religion, et leurs seigneurs ne le permettaient pas. Les seigneurs avaient appelé à l'aide les soldats de Lorraine pour écraser la révolte. Depuis, les Alsaciens n'aimaient pas les Lorrains non plus.

Elsbet essaya de préciser sa question :

— Pourquoi ici, maintenant, on ne nous aime pas ?

— Mon père dit que les Allemands de Saxe arrivent comme les vagues de la mer. Quand il était petit, il y avait plus de vaches que de gens dans la vallée. Aujourd'hui, on trouve des centaines et des centaines de mineurs saxons. Ils sont tellement nombreux que les maîtres des mines construisent des villages rien que pour eux. Ici, tout le monde parlait français – enfin, welsche. Maintenant, on ne comprend plus la moitié des gens, les nouveaux. Ils ne vont pas à la messe comme nous, ils n'ont pas la même religion. Ils sont luthériens. En plus de cela, les meilleurs filons se trouvent côté alsacien. Donc, les mineurs du côté alsacien sont plus riches. Ils passent la rivière et viennent au marché de Sainte-Marie. Comme ils sont plus riches, nos marchands montent les prix. Alors, tout devient trop cher pour nous. Je continue ?

— Mais par ici, nous sommes des Allemands du Tyrol, nous ne sommes pas Saxons. Et nous, *aus Tirol*, nous avons la même religion que les Lorrains, nous sommes catholiques.

— Les Alsaciens, les Saxons, les Bavarois, les Tyroliens, vous parlez presque la même langue. Pour nous, vous êtes tous allemands. Pour Achille, tu fais partie du problème, Elsbet.

Ils marchèrent un moment en silence. Sans le remarquer, ils avaient grimpé jusqu'à la clairière de la fête des Brandons. Les restes du bûcher formaient une large tache noire au milieu de l'herbe. Un tremplin oublié traînait.

— Mes grands frères sont des mineurs tous les deux, reprit Remy. Le plus grand est même ouvrier de marteau, le métier le plus admiré. Il aime descendre à la mine. Mon père, itou. Pour eux, tout est facile. Pourquoi, moi, je n'y arrive pas ?

— Pour tout le monde, c'est difficile, répliqua doucement Elsbet. Quand il est parti de Schwaz, au Tyrol, mon papa ne pensait pas recevoir ici des problèmes.

— Comment cela s'est-il décidé ? Qui a eu l'idée de partir ?

— *Mein* papa est un soir rentré à la maison tout heureux. Il avait appris ceci : l'empereur permettait un échange des gens de chez nous avec des mineurs de Sainte-Marie. Chez vous, on cherchait de bons ouvriers, qui savaient comment installer des pompes. Mon papa savait faire. Et on disait les filons *sehr gut*, *reichlich*, abondants.

Elle fit à Remy une révérence ironique :

— Et nous voilà.

Ils s'assirent dans l'herbe et contemplèrent la vallée. De loin, le bruit des bocards, les échos du travail diffusaient une douce musique.

— Et tu regrettes le Tyrol, parfois ? Tu ne rêves pas d'un... pays magique, où... tout irait bien ?

— Pourquoi regretter ? Ici, déjà, on n'aime pas les Allemands : extra ! Ensuite, votre langue est difficile. Les montagnes sont minuscules et on porte des habits moches. Et au printemps, il pleut des jeunes chiens. Alors dis-moi : pourquoi regretter ?

Remy lui jeta un coup d'œil : est-ce qu'elle se payait sa tête, elle aussi ?

En voyant la mine du garçon, elle éclata de rire. Ses nattes, déjà emmêlées par la bagarre, étaient complètement défaites.

— Ha ha ! Non, je ne le regrette pas, Remy ! Je suis bien contente d'être ici !

— Je suis bien content aussi. Je veux dire, content que tu sois là. Enfin je...

Elsbet, les yeux brillants, le regarda de plus près :

— Remy, tu as déjà reçu un *Küsschen* ?

— Je ne sais pas. Qu'est-ce que c'est ?

Elle approcha ses lèvres de celles de Remy, et elle lui en offrit un.

***

— Viens par là, j'en ai trouvé tout un régiment !

La grand-mère de Remy brandissait un escargot vers lui, en souriant de toutes ses dents. Leurs besaces étaient à moitié pleines. Plus vite la corvée serait terminée, plus vite on passerait à autre chose.

Ils avançaient pas à pas, le regard perdu dans les touffes de végétation, au milieu de friches couvertes de souches. Il y avait eu des forêts, autrefois, dans tout le val de Lièpvre. On avait tout coupé pour le boisage des galeries et, surtout, pour le charbon des fonderies d'argent.

La grand-mère de Remy était une redoutable cueilleuse. Si elle n'avait pas eu un vieux dos en compote, des escargots, elle en aurait ramené des brouettes pleines. Alors, quand il le pouvait, quand il revenait du travail au bon moment, Remy se dépêchait d'aller dans les prés pour lui donner un coup de main.

Il se rapprocha de l'endroit qu'elle indiquait. Elle avait raison : sur ce tapis de plantain, il y avait de quoi remplir une bonne assiette !

Ils ramassèrent les pauvres gastéropodes, gardant un moment le silence.

— Grand-mère, qu'est-ce qui s'est passé avec grand-père ?

— Que veux-tu dire ?

Remy était le cadet. Il n'avait jamais connu son grand-père paternel. Et il y avait toujours un peu de gêne, de regards furtifs quand les adultes parlaient de lui à la maison.

— Grand-père, comment est-il mort ? L'autre jour, papa a dit...

La grand-mère soupira :

— Oui, encore une parole très adroite de sa part. Sache-le, ton grand-père est mort paisiblement dans son lit.

Elle secoua son sac et écouta tinter les coquilles : presque plein !

— ... Paisiblement, mais ses derniers mois ont été difficiles. Jusqu'à la dernière année, ton grand-père a travaillé à la mine. Un jour, ses camarades l'ont retrouvé au fond d'un puits. Il avait fait une chute très grave. Ses fractures se sont à peu près recollées. Mais dans la tête, il est resté quelque chose. Cette blessure-là n'a pas voulu guérir, pas totalement. Il s'est mis à affirmer qu'il voyait des lutins, des gnomes. Comme il ne pouvait plus aller au fond, les chefs lui ont trouvé une place au tri. Mais il faisait n'importe quoi. Il oubliait d'aller au travail, ou de rentrer à la maison. Quand on lui faisait une remarque, quand on lui expliquait qu'il avait rêvé, il s'énervait très fort. Il cassait des objets. La fin a été pénible. Ton père s'est bien occupé de lui, mais je crois qu'il a été marqué pour toujours.

Remy avait arrêté de collecter les escargots. Il regardait sa grand-mère de tous ses yeux. Elle parlait avec un petit filet de voix, à présent, et s'intéressait très fort à sa cueillette. Elle semblait sur le point de pleurer.

— Ton père ne veut plus rien savoir des légendes, des contes. Dès que les conversations de ses collègues glissent vers ces sujets, il devient violent et distribue les baffes. Avec toi, il fait très attention. Mais je pense que tes rêveries de jeune garçon le font souffrir. Voilà tout ce que je peux te dire.

Remy reprit lui aussi la collecte. Il eut beaucoup de mal à se concentrer sur cette activité.

Il en aurait presque voulu à sa grand-mère. Il avait posé ses questions, et elle avait répondu.

Et maintenant, il ne savait pas quoi faire des réponses.

***

Remy poussait, poussait son chariot vide, sans faire attention à rien. Autour de lui, dans sa nouvelle équipe, il ne connaissait plus personne. Les autres étaient ensemble depuis si longtemps qu'ils n'échangeaient plus un mot. Au hasard du travail, ils se saluaient en grognant.

De toute façon, Remy n'avait plus envie de se lier ou d'avoir des échanges.

Depuis presque trois semaines maintenant, il œuvrait sur un autre carreau minier ; une exploitation plus importante, plus prospère, avec beaucoup plus d'équipes. Il y avait bien plus d'allées et venues dans la galerie principale, et jamais Remy n'aurait pu s'isoler pour une pause. De toute manière, les kobolds ne venaient pas par ici. Il les avait appelés plusieurs fois, dans un instant de solitude. En vain.

Son père avait tout arrangé en secret. Il possédait des amis partout, dans toutes les exploitations. Le garçon n'avait pas eu son mot à dire.

— Allez, espèce de *chleifah*, remue-toi !

Le pousseur le plus âgé, Charles, opérait juste derrière Remy. Tout en douceur et en humour, il le harcelait de la première à la dernière heure de travail. Il ne le laissait jamais en paix. À se demander s'il n'avait pas reçu des consignes du papa.

Le convoi de Remy déboucha dans un nœud de galeries. Un formidable appareil de levage occupait tout l'espace disponible. Son élément principal était une énorme roue à aubes, haute comme quatre hommes, entraînant des seaux accrochés à des cordes. La roue recevait l'eau par des conduites arrivant du plafond. Un opérateur pouvait actionner des leviers pour orienter la gouttière. Ainsi, on déplaçait la chute d'eau d'un côté ou de l'autre de la roue, ce qui la faisait tourner dans un sens ou dans l'autre. De cette manière, il n'y avait jamais aucun effort à faire pour remettre la machine en position. Une merveille d'ingéniosité.

Mais Remy s'en fichait complètement. Tout ce qu'il voyait, c'étaient les tas de minerai que l'appareil remontait dans la galerie. Il fallait ramasser, remplir, s'aligner en convoi, repartir, pousser, décharger dehors sous l'auvent des trieuses, revenir ; jusqu'à l'écœurement. À l'extérieur, il ne cessait plus de pleuvoir. Personne n'avait envie de s'attarder là pour papoter.

Il ne s'en apercevait pas, mais il grandissait vite, depuis quelque temps. Le petit garçon se transformait en homme. S'il avait fait attention, il l'aurait lu dans les yeux de son père, à la maison. Mais Remy ne faisait pas attention. Il ne se souciait plus de rien.

Fini les copains et la bande, les parties de billes, fini les kobolds et leur caillou au fond de la poche.

Fini, Elsbet. Il ne pouvait plus la rejoindre sur son ancien carreau. Elle ne l'attendait pas sous l'abri des trieuses, avec un sourire et une question de langue française. Dans son nouveau travail, Remy était d'équipe de soir. Ils n'avaient plus d'occasion de se voir.

Il avait tout perdu. Ce qu'il voulait garder, on le lui avait pris. Il avait essayé d'agir, mais il n'était parvenu à rien. Rien du tout.

Chapitre

7

Un invité dans la mine

Le *Huttmann* surveillait son « invité » comme du lait sur le feu. Ce n'était pas nécessaire, pourtant : l'ingénieur des mines évoluait aussi bien que lui dans les galeries. Mais voilà, il représentait le sieur de Reynette. Le père de Remy se sentait toujours nerveux quand un envoyé du maître se promenait dans « sa » mine.

Les ouvriers les regardaient passer avec la même crainte. Ces tournées, c'était la routine, mais le passage de l'ingénieur avait toujours des conséquences : ouvrir une galerie de recherche, en abandonner une autre, tenter un puits. Embaucher, licencier...

L'homme, un certain sieur Plantier, se fichait bien de l'inquiétude provoquée. Il faufilait son corps maigre, étiré comme une ficelle, avançait sans saluer personne, un œil sur la boussole, un autre sur les parois.

— Je ne retrouve pas la marque, *Huttmann*, pouvez-vous m'aider ?

Ils s'étaient enfoncés tout au bout d'un boyau plutôt ancien. Les deux mineurs qui travaillaient là avaient quitté leur poste et reculé pour leur faire de la place.

Le *Huttmann* chercha la croix lui aussi, sur la paroi de la galerie. Ces marques de peinture servaient à repérer les progrès d'une équipe entre deux tournées.

— Je ne la trouve pas ! L'eau qui suinte l'a peut-être effacée. Pouvez-vous nous aider, vous autres ?

Ils aperçurent enfin la marque. Depuis la dernière visite, le duo d'ouvriers avait bien progressé. Deux pouces par jour. Dommage, la veine d'argent se rétrécissait. Il faudrait peut-être abandonner le minage ici.

— Parfait, fit l'ingénieur, sans remarquer l'épuisement de la veine. Vous avancez bien. En revanche, vous ne montez pas assez.

Les deux mineurs se regardèrent, gênés.

— Vous devez augmenter la hausse, car l'écoulement n'est pas bon.

— Vous en êtes sûr, Monsieur l'ingénieur ? Pourtant, nous...

— Regardez vous-mêmes.

Il abaissa sa lampe au sol, au ras de l'eau. Ils attendirent qu'elle ne soit plus troublée par leurs piétinements. La rigole coulait trop mollement, il fallait en convenir. Les galeries devaient présenter une légère pente montante, pour forcer l'écoulement naturel.

Les visiteurs reculèrent, rendirent leur place aux deux ouvriers. Le chant des marteaux sur les pointerolles recommença.

Le *Huttmann* et l'ingénieur reprirent leur inspection. Ils avaient prévu de tout visiter de fond en comble. Ils en avaient pour des heures, encore.

Plus ils s'enfonçaient dans la mine, plus le ruissellement semblait augmenter. C'était une illusion, bien sûr. La pluie s'était changée en averse, à la surface, et les eaux souterraines gonflaient. Monsieur Plantier, qui semblait pourtant agile, faillit s'étaler en grimpant à une échelle de bois complètement détrempée.

Ils firent une halte dans une salle plus large. L'ingénieur voulait noter quelques mesures avant de les oublier. Des ouvriers travaillaient à une pompe. De grosses poutres s'appuyaient aux parois, sans aucun ordre apparent. La roche, dans cette section, n'inspirait pas confiance, c'est pourquoi on avait placé des renforts partout. L'ingénieur ne voyait rien de cela. Il recherchait du papier sec dans son nécessaire à écrire.

Le contremaître échangea quelques mots avec les tireurs d'eau. Ils devaient tous crier. Le bruit de l'eau et les échos couvraient tout autre son. Ce mois de mars était spécialement pluvieux.

— Du nerf, les gars ! Dites-vous que vous pompez de la bière au lieu de l'eau !

Ils répondirent d'une grimace. Le *Huttmann* s'inquiétait : ils étaient fatigués, au bord de la révolte. Il faudrait remplacer ces hommes, et avant la fin de leur période de travail !

Pour s'occuper les mains, le *Huttmann* empoigna sa petite hache et alla vérifier les boisages. Certaines poutres sonnaient « mouillé » et présentaient des taches noires. Depuis combien de temps n'avait-on pas fait de travaux ici ?

Il observa encore la salle, inquiet ; l'ingénieur qui gribouillait ses chiffres sur son papier mouillé ; les tireurs d'eau, épuisés ; les parois, le plafond, le puits de descente, les échafaudages.

Des gravillons lui coulèrent sur le visage, lui entrèrent dans l'œil. Saleté ! Il se courba en deux pour se frotter la paupière, en grognant des jurons. D'après le fiston, ce petit phénomène était un signal des kobolds pour prévenir d'un danger. La peste soit des kobolds, et de tout le petit peuple des mines !

Le *Huttmann* pressa Monsieur Plantier :

— Avez-vous fini, par ici ? Il reste toutes les anciennes sections à vérifier.

— Oui, oui, j'arrive.

Les deux hommes s'enfonçaient dans le rocher. L'insupportable boucan s'éloignait dans leur dos.

Comme la montagne s'épaississait sur leurs têtes, le *Huttmann* respirait mieux. Il retrouvait la mine comme il l'aimait. Car il l'aimait, malgré son sale caractère et sa rudesse. Il aimait l'équilibre entre la pierre, l'eau, l'air et le bois. Au fond, les liens humains devenaient plus simples. Là, il pouvait être quelqu'un.

Grâce à ses connaissances, il avait fait embaucher son fils dans une autre exploitation, où il serait encouragé, surveillé, épaulé. Il avait voulu agir pour le bien du petit, mais il avait dû se tromper quelque part. Il sentait bien que Remy, malgré tous ses efforts, ne s'adaptait pas à ce monde.

On arrivait à une autre zone renforcée par des poutres. Le *Huttmann* se retourna pour vérifier que l'ingénieur le suivait toujours. Monsieur Plantier avait ramassé une roche et l'observait à la lumière de sa lampe.

Le *Huttmann* voulut lui faire une remarque.

Le bruit de l'eau enfla.

De l'eau et... d'autre chose.

Le grognement de la pierre.

Sans réfléchir, le contremaître empoigna Plantier par la manche. Il le tira vers lui de toutes ses forces et l'envoya dans son dos, loin du danger. Devant lui, il vit les poutres emportées par l'eau, puis un torrent de rochers dégringoler du plafond. Le fracas était abominable. Des éclats, des pierres grosses comme le poing fusèrent dans toutes les directions, le frappant de dizaines de coups.

Plantier, dans son dos, lui hurlait quelque chose, montrait des éboulements secondaires, de l'autre côté du tunnel.

Un projectile plus gros atteignit le *Huttmann* juste devant l'oreille. Tout disparut.

Chapitre

8

Prisonniers

La matinée s'achevait doucement, mais il était bien difficile d'estimer l'heure : une lumière grise, neutre, régnait sur Sainte-Marie. Elle entrait dans le logis, éclairait à peine les meubles du salon.

Le précepteur, à son pupitre, donnait sa leçon. Il lisait l'ouvrage d'une voix monotone, par-dessus son lorgnon. Les aventures du géant Pantagruel, racontées par cette voix de canard, semblaient bien ennuyeuses :

« ... à chacun de ses repas il buvait le lait de quatre mille six cents vaches. Et pour lui fabriquer un poêlon pour cuire sa bouillie, cela occupa tous les poêliers de Saumur en Anjou, de Villedieu en Normandie, de Bramont en Lorraine... »

Cette lecture servait de récréation. Les enfants de Monsieur de Reynette écoutaient en silence, leurs instruments d'étude éparpillés autour d'eux sur la table. Quelques domestiques s'affairaient et des amis de la maison, assis sur des banquettes, écoutaient aussi. Le maître de maison, mains dans le dos devant une des fenêtres, regardait la pluie.

Un domestique avança, courbé. Il apportait deux bouillottes pour les petits petons de ses petits maîtres. Il essayait de ne pas troubler la lecture. C'était l'homme de confiance : Achille.

Au moment où le précepteur prononça « de Bramont en Lorraine », il y eut un gros remue-ménage à l'entrée du logis. On s'exclama en allemand, puis en français, puis encore en allemand. Le portier entra dans la pièce, avec un homme et une jeune fille sur les talons. Achille reconnut Elsbet, accompagnée de son père.

Tandis que le mineur alignait des phrases courtes, essoufflées, Elsbet faisait laborieusement la traduction :

— Il y a eu un *Unfall*, un accident à votre mine, Monsieur. Vos gens sont bloqués. Plusieurs.

Jacques de Reynette secoua la tête, incrédule : les accidents (hormis les pieds tordus et les bleus sur le crâne) restaient très rares, là-bas au fond.

— Que me chantez-vous là ?

— Si fait, un *Unfall* ! Mon papa a presque été bloqué lui aussi !

Le maître quitta la pièce, agacé, inquiet. Il appela le mineur avec lui, réclama son manteau, puis sortit sur la place.

Au logis, on s'entre-regardait : que fallait-il faire ? Les enfants n'osaient pas se réjouir de la leçon interrompue. Le précepteur ne savait pas s'il devait poursuivre. La salle se vida peu à peu.

Achille était resté. L'adolescent s'approcha du lutrin. Il passa les doigts sur le livre, sur ces lettres qui ne signifiaient rien pour lui, sur les mystérieux mots de la suite de l'histoire. En vérité, il adorait ce récit, et toute sa loufoquerie : les bons tours de Panurge, la naissance du géant... Sa propre vie lui paraissait bien terne, à côté. Mais il devait donner l'image d'un garçon sérieux, adulte. Ne pas s'intéresser aux contes, aux folies des enfants.

Il vit qu'Elsbet traînait elle aussi dans la pièce. Elle l'observait froidement.

Il retira la main du livre. Trop tard, elle avait tout vu.

Il l'interpella. Parler d'autre chose, vite !

— Elsbet, j'ai entendu ton annonce. Que... Que pourrais-je faire ? Je veux aider.

Elle le scruta de haut en bas, méprisante, puis lâcha :

— Viens avec moi.

***

Jacques de Reynette n'avait pas traîné. Le maître se montrait déjà sur le perron de son châtelet, vêtu d'un manteau de pluie, l'épée à la ceinture.

Il avait envoyé chercher de l'aide au triple galop. Les gens accouraient sur la petite place. Il y avait des mineurs au repos, d'autres venus des concessions voisines. Tous répondaient à l'appel, Lorrains, Tyroliens, et même un ou deux Saxons qui se promenaient côté Lorraine à ce moment-là. Ils s'observaient avec méfiance, entre inconnus ; mais l'heure n'était pas à la bagarre ; tous savaient qu'il fallait agir vite, sans retenir ses efforts. C'était tout ce qui comptait pour eux.

Remy arriva aussi, accompagné de sa mère. On les avait fait prévenir.

Le sieur de Reynette discutait avec le père d'Elsbet, un ingénieur, un clerc et un petit décombreur tout droit sorti de la mine, avec ses habits trempés et sa capuche encore bourrée de paille.

— ... Comme je vous dis, M-M-M-Monsieur. Je les ai croisés à deux-trois toises du dernier nœud. Le *H-H-H-Huttmann* a été rude avec moi, je dois dire. Cinq minutes après, j'ai entendu les bruits d'éb-b-b-boulement. Ils ne peuvent pas être b-b-bien loin.

— Et vous n'avez pas d'idée de la galerie où ils peuvent se trouver ?

— J'ai appelé, tapé, Monsieur, mais r-r-rien entendu en retour. Ils sont peut-être mo... évanouis ?

— Sans doute, sans doute.

Le sieur de Reynette fit apporter une couverture sèche au garçon. Puis il se tourna vers l'assistance :

— Mes amis, merci d'être venus, et en pareille troupe. Nous allons nous rendre au fond. Un gros éboulement s'est produit dans une zone de faille. Il va falloir sortir les débris, et évacuer l'eau qui s'accumule à cause de cette satanée pluie. Je ne veux que des gens forts, infatigables. Qui vient ?

Toutes les mains se levèrent. Le maître envoya les volontaires se faire inscrire auprès du clerc et s'équiper. Le clerc, installé sur le perron, notait les noms rapidement. Pas question d'oublier des sauveteurs dans les galeries !

Il ne resta bientôt plus que les désœuvrés, les épouses... et Remy, qui se disputait avec le clerc :

— Mais enfin, inscrivez-moi ! C'est mon père qui se trouve là-dessous !

— Nenni, les instructions sont claires, je...

— Que se passe-t-il, Étienne ? demanda Monsieur de Reynette.

Le clerc désigna le garçon :

— Il veut à tout prix descendre dans la mine avec les autres.

— Il s'agit de mon père ! Un des disparus est mon père !

— J'ai bien entendu, mon garçon, fit le sieur de Reynette, mais ce n'est pas un argument. Tu peux aider d'une autre manière. J'ai demandé que l'on dise une prière pour les absents. L'église est ouverte, et tu...

— Monseigneur, entendez-moi : je connais bien cette mine. J'ai des... amis en bas. Je peux leur parler et demander leur aide.

— Des amis ? Que veux-tu dire ?

Remy dansa d'un pied sur l'autre. Il ne pouvait pas parler des kobolds. À chaque fois, cela causait des cris et des moqueries. Mais en même temps, c'était bien d'eux qu'il s'agissait. Les sauveteurs avaient besoin des kobolds, de leurs innombrables petites pattes.

Remy ouvrit la bouche, mais le sieur de Reynette s'était déjà détourné. Il avait des secours à organiser. Un petit pousseur de chariot n'y avait pas sa place. Surtout si, comme cela était probable, le père du garçon était mort.

***

Le froid humide ramena le *Huttmann* à lui. Il était allongé dans le noir complet, en travers des rails, les membres plongés dans un ruisseau glacial. Il pouvait à peine remuer les doigts. De son épaule partaient des élancements. Elle devait être déboîtée. Sa tête tournait encore, et il sentait une plaie sur son front. Il avait dû recevoir une pierre sur le crâne au moment de l'éboulement.

Il devinait ce qui s'était produit. Une suite de malchances : l'eau de ruissellement, gonflée par les pluies, avait emporté les poutres de soutien ; celles qu'il avait justement noté de remplacer. Le bois avait été arraché. Les roches fragiles de la faille, au-dessus, gonflées d'eau, s'étaient précipitées dans la galerie. Désormais, entre lui et la sortie, il pouvait y avoir des livres et des livres de rocher !

Il tâtonna l'éboulement, empoigna une pierre de bonne taille et la fit rouler derrière lui. Il entendit un gémissement. Peste ! Plantier ! C'est vrai, l'ingénieur était coincé avec lui !

Il s'approcha de son compagnon, chercha son visage du bout des doigts, écouta son souffle. L'homme, bien qu'évanoui, semblait respirer. L'une de ses jambes disparaissait sous une masse de pierres. Il n'osait pas le dégager, car dès qu'il remuait l'empilement, l'autre poussait un soupir de douleur.

En se glissant plus loin dans la galerie, il rencontra un nouvel éboulement. D'autres failles avaient cédé. Ils se trouvaient donc enfermés entre deux bouchons de pierre.

Il prit un bloc dans sa main gauche et heurta la paroi. Le choc remonta en lui et lui tordit l'épaule. Il était pratiquement incapable de signaler sa position. Il faudrait bien, pourtant, qu'il se force : comment pourrait-il guider les secours, sinon ?

Cela dura plusieurs heures, peut-être, ou quelques minutes.

Le *Huttmann* sentit dans sa poche un objet dur. Il fouilla et en sortit le caillou de Remy. Un vieux morceau de stérile, rien de plus. Le soi-disant cadeau des kobolds, peuh ! À en croire son fiston, ces créatures étaient là pour aider les mineurs en détresse. C'était le moment idéal pour les voir apparaître, n'est-ce pas ?

Il appela de toute la force de sa voix :

— Et alors, bestioles !? Montrez-vous !

Remy avait rêvé toute son histoire, évidemment.

Plantier remuait, gémissait. Le contremaître voulut ôter sa chemise pour lui faire un garrot à la jambe. Il renonça avec des millions de jurons. Il n'arrivait même pas à sortir son bras de la manche de sa veste !

De sa main valide, il essayait d'arranger son compagnon, de l'installer au mieux. Il dénicha une pierre plate, pour lui servir d'oreiller.

Dans le même temps, il lui parlait, comme si cette grande andouille pouvait lui répondre, comme s'ils avaient été tranquillement installés avec les autres, au poêle des mineurs, à fumer la pipe.

— J'aurais dû parler au sieur de Reynette, n'est-ce pas ? À propos de l'épuisement des filons. Qu'est-ce que cela m'aurait coûté ?

Il eut un rire amer :

— Ha ha… Remy espérait tellement me persuader. Le fiston est… la dernière personne que j'aurais écoutée. Je ne sais pas y faire, avec lui. Mais où était mon erreur, Plantier ? Dites-le-moi. Mon Remy… J'aurais tellement aimé le protéger de ses propres rêveries. Je voulais le sortir de l'oisiveté, lui poser, bien à plat, les pieds sur terre. La rêverie, dans une mine, ça se finit toujours par une blessure ou par la mort. Rêver, c'est le mal.

Il se passa la main sur le front. Sa plaie brûlante lui rappela le coup reçu. Il arrivait que des mineurs se cognent dans une galerie et ressortent fous ; pour quelques heures, quelques jours, ou pour le reste de leur vie.

Est-ce que Plantier avait bougé ? Est-ce qu'il entendait ses délires ? Il n'était pas d'accord avec lui, peut-être ?

— Après tout, il se peut que j'aie tort. Je ne sais pas. Je ne sais rien, fit le *Huttmann*, embarrassé. C'est pour cela que je suis une grande gueule. Parce que je n'ai aucun pouvoir sur les choses. Enfin, bon sang, qu'est-ce que j'étais censé faire ?! Aller trouver le sieur de Reynette, et après ? On se serait assis tous les deux autour d'une coupe de bon vin, il m'aurait tapé dans le dos, j'aurais tapé dans le sien, et on aurait organisé tranquillement l'avenir du val de Lièpvre ?

Le *Huttmann* se tenait contre la paroi, assis en tailleur, appuyé contre sa bonne épaule. Il ne faisait plus attention à Plantier : il se parlait à lui-même.

— Non, j'aurais été le pire des ambassadeurs. Je ne sers à rien, moi et ma grande gueule. Je ne suis rien.

Il soupesa le petit caillou, arma son bras pour le lancer, de toutes ses forces, dans l'obscurité.

Loin de lui.

Le plus loin possible.

***

L'équipe progressait aussi vite qu'elle le pouvait dans l'étroite galerie. Sa section ovale, aplatie à son pied et à sa pointe, avait la forme d'un homme. « Ou d'un cercueil », songea Remy ; c'était la première fois qu'il s'en apercevait.

Le petit décombreur, un certain Jean de Bry, ouvrait la marche, et avertissait les autres des pièges : la plupart des sauveteurs ne connaissaient pas cette mine-là.

Remy avait fini par obtenir le droit de venir. Il remettait sans plaisir les pieds dans son ancien lieu de travail. Un vol de chauves-souris leur donna des gifles de soie, avant de filer vers la sortie. Il n'éleva même pas le bras pour se protéger. Il ne pensait qu'à son père. Quelles étaient les chances de le retrouver ? De le retrouver à temps ? Un coup de dés...

L'équipe comprenait des collègues du *Huttmann*, des inconnus, le décombreur Jean de Bry ainsi que le père d'Elsbet. Tous étaient impatients d'arriver sur les lieux et d'attaquer le déblaiement. Mais la marche était longue.

Les deux disparus avaient été se perdre au fin fond du réseau. De Bry, d'ailleurs, n'était plus sûr de rien. Ils se trouvaient dans une zone qu'il connaissait moins. La mine faisait une patte d'oie devant eux. Plus loin, une autre galerie rejoignait la leur. Où étaient les disparus ? Quantité de choix s'ouvraient à eux.

Ils débattaient sur le passage à tenter en premier. De son côté, Remy plissait le front, essayait d'écouter.

— S'il vous plaît, pouvez-vous faire silence ? J'entends peut-être quelque chose.

Les hommes ne remarquaient même pas qu'il avait parlé :

— Moi, je dis qu'on devrait se séparer et explorer chacun un tiers de chemin.

— Mais seul de Bry connaît les lieux. Et si on trouve d'autres bifurcations, plus loin ? Nous n'allons pas nous égarer nous-mêmes, en plus du reste !

Remy insista :

— Je vous en prie, vous pouvez faire silence ? Je crois...

— Il faut revenir sur nos pas, retrouver les vieux mineurs qui ont creusé cette section. Alors...

— Mais vous allez vous taire, oui ?! hurla Remy.

Ils braquèrent leurs regards sur lui.

— Si seulement vous pouviez la fermer un moment, et écouter tous ensemble !

L'un des mineurs voulut remettre le garçon à sa place, mais le père d'Elsbet lui fit signe de se taire.

Alors, ils entendirent.

Un tapotement très faible. Roche contre roche. Depuis le fin fond de la montagne. Régulier ; en rythme, même ; trop rythmé pour être dû au hasard.

Les mineurs, le visage grave, bourru, se regardèrent sans comprendre : on martelait un signal sur un rythme de danse rapide, sur une cadence de... gigotte !

Chapitre

9

Jusqu'au jour de la Saint-Jamais

Il pleuvait toujours. Comme décor pour le dénouement, l'on aurait pu espérer mieux. Mais le soleil fait ce qu'il veut.

Devant le logis des Reynette, il y avait foule. Ceux qui avaient aidé, les curieux et d'autres habitants du versant lorrain voulaient voir, être là. Les capes trempées, les habits de pluie brillaient.

On ne reconnut pas tout de suite les rescapés, tant ils se confondaient avec leurs sauveteurs fatigués. Le sieur Plantier reposait sur une civière. Les porteurs ne s'arrêtèrent pas : ils le ramenaient chez lui, où un médecin l'attendait. Timidement d'abord, puis tous ensemble, les spectateurs acclamèrent son passage. Quand le *Huttmann* apparut à son tour sur la place, les clameurs redoublèrent.

L'homme avançait en zigzag, trébuchait. Il était encore largement sonné. C'était bien curieux de voir ce colosse à l'épaisse barbe noire écrasé de fatigue, aussi fragile et trébuchant qu'un bébé. Remy et ses anciens collègues, Benoît, les deux Champier, aidaient comme ils pouvaient le *Huttmann* à se tenir debout.

Une présence sévère s'encadra devant eux. Monsieur de Reynette les toisait de toute sa hauteur :

— Laissez-nous, voulez-vous ? Je dois m'entretenir avec mon contremaître.

Ils s'étaient retirés dans le cabinet de travail du seigneur. Une servante était venue frictionner le *Huttmann* et placer des bandages sur son front et sur torse. Ensuite, on lui avait passé une chemise propre et sèche.

À présent, ils se trouvaient seuls à seuls, dans de hauts fauteuils. Le *Huttmann* tenait dans ses gros doigts une coupe de vrai verre, remplie d'un rubis en fusion. Du vin de belle qualité.

— ... Tout de même, mon ami, cela n'explique pas tout.

Le seigneur but une gorgée, et le *Huttmann* l'imita.

— Je n'ai pas bien compris : avant que les sauveteurs vous trouvent...

— Monsieur, il faut que je vous dise... Vous devez savoir...

Jacques de Reynette observa son ouvrier. Les difficultés de parole du *Huttmann* lui donnèrent le sourire.

— Oui ?

— Le filon, Monsieur, nous allons le perdre. La mine sera bientôt épuisée. Nous allons trop vite, nous creusons trop avidement. Voilà ce que je devais vous dire.

Le maître soupira et observa les profondeurs de son vin, comme si la solution s'y trouvait.

— Le Seigneur Dieu nous commande de faire fructifier les dons de la Terre, n'est-ce pas ?

— Oui, mais...

— À dire le vrai, vous avez raison, mon ami. Depuis plusieurs années, c'est un épouvantable emballement. Et moi aussi, je pousse pour augmenter l'extraction. Mais voyez ce qui se passe : notre métal-argent est demandé partout. Les artisans en font des merveilles : des étuis à couverts en forme de poisson, ce vase, cette coupe (il désignait, dans le même temps, les beaux objets d'argent disposés sur le mobilier de la pièce). Surtout, une bonne portion du métal va dans les coffres du duc de Lorraine, des Ribeaupierre, de l'empereur. Celui qui exploite les mines contrôle la monnaie. Je suis un pion insignifiant dans ce grand jeu. Je ne vois pas ce que je peux y faire, mon ami.

Sur la place, l'attroupement se défaisait lentement. On s'attardait par petits groupes, on commentait, on racontait ce que l'on n'avait pas vu. On voulait se rassurer, bien confirmer qu'un accident ne reviendrait pas de sitôt.

Elsbet, presque invisible, attendait sous le rebord d'un porche.

Remy s'avança jusqu'à elle.

— Tu sais, je ne mentais pas, l'autre fois. À propos de la preuve. Je l'ai récupérée. Je l'ai ! Mon père la gardait sur lui, dans la galerie. Il a failli la jeter. Il a changé d'avis au dernier moment !

Il lui montra la pierre des kobolds.

Elle sourit :

— Très bien. Garde-la. Achille ne t'embêtera plus jamais avec ceci.

— J'en doute. Rappelle-toi comment il nous...

Elle lui désigna du menton un autre point de la place. Achille se tenait avec les garçons de la bande. Il n'avait pas quitté l'habit qu'il portait quand on était venu prévenir le maître de l'accident. Sa précieuse tenue de serviteur.

Les trois garçons échangeaient quelques mots, souriaient vaguement. Ils étaient détrempés et ravagés de fatigue.

Elsbet précisa :

— Achille a demandé à aider, *weiss du* ? Tu savais ça ? Je l'ai emmené faire la chaîne pour sortir l'eau de la mine.

— Ce n'était pas utile. Il y avait assez de volontaires. Cet idiot n'avait qu'à rentrer chez lui.

— Achille a aidé, Remy. Il a insisté. Comme ma mère et mon père, comme les garçons, il a eu peur pour ton papa. Il a eu peur pour son ami ; pour toi.

Remy observa le groupe de garçons. Il pensait détester le grand adolescent. Mais sa haine se diluait à toute vitesse sous la pluie.

— Moi aussi j'ai eu peur, dit encore Elsbet. Pour mon ami.

Remy tenait toujours son caillou en main. Elle le lui prit, le regarda sous toutes ses faces et le lui rendit :

— Dans ton caillou, il y a peut-être de l'argent. Des paillettes d'argent. Mais s'il y en a, il est caché. Il doit encore sortir, se révéler à tous. Comme chez toi.

Elsbet affichait le même air que l'autre fois, quand ils s'étaient battus côte à côte au terrain de billes. Le même visage déterminé, avec un petit fond d'ironie.

Il le sut, ce visage, ce sourire ne le quitteraient plus. Jusqu'au jour de la Saint-Jamais. Et même s'il oubliait tout le restant de l'univers.

***

— Bien sûr, je le ferai, c'est promis, dit le sieur de Reynette. Je vais même être plus généreux encore. Remy pourra choisir dans quel atelier il voudra travailler : les bocards, la fonderie, les coupes de bois, les charbonnages... Je ferai le nécessaire. Qui sait, il choisira peut-être de retourner à la mine ?

— Qui sait ? grogna le contremaître. Qui pourrait deviner ce qui se passe dans la caboche de ce garçon ?

Ils terminèrent le vin. Le superintendant des mines reprit, sur un ton plus officiel :

— Quant à votre message, je l'ai entendu, *Huttmann*. Je ferai un courrier à notre bien-aimé duc Antoine. Je lui demanderai de diminuer l'extraction. J'y mettrai toute mon éloquence. Même si je connais d'avance sa réponse.

Le maître laissa passer un moment, jouant avec la lumière du jour sur les facettes de son verre.

— Dites-moi encore, mon ami... J'ai entendu des rumeurs sur votre sauvetage, pendant que l'on vous escortait jusqu'ici. Quand vous étiez emprisonné sous terre, vous avez martelé les parois pour guider les secours. L'idée était bonne, mais... pourquoi avoir tapé sur la cadence de la gigotte ? Vous aviez donc l'esprit à danser ?

Le *Huttmann* fixa son seigneur, les yeux ronds : que non, il n'avait pas eu l'esprit à danser !

Il ne se souvenait pas avoir martelé le rocher.

Et encore moins sur la cadence de la gigotte.

Remontons le fil de l'histoire !

Avec Daniel Fischer*

Cette histoire t'a-t-elle plu ? D'habitude, moi qui suis historien, je n'aime pas les histoires inventées, car mon métier est d'expliquer comment les gens ont réellement vécu dans le passé. Mais il faut dire que ce récit est passionnant : grâce au romancier et à son imagination, nous sommes plongés dans un moment particulier de l'Histoire « vraie ». Je te propose de t'aider – si tu veux bien lire les quelques pages qui suivent – à remonter le fil de l'histoire, pour mieux comprendre ce qui a vraiment été vécu par des jeunes de ton âge à cette période très différente de celle que nous vivons aujourd'hui.

* *Je suis professeur agrégé et docteur en histoire, et j'enseigne cette discipline à l'INSPÉ de Lorraine, l'école qui forme les futurs professeurs.*

Le roman que tu viens de terminer se déroule en 1533 dans un territoire qui a suscité bien des convoitises : Sainte-Marie-aux-Mines, dans le val de Lièpvre – entre Strasbourg et Colmar en Alsace, et Épinal dans les Vosges. C'est un endroit dont le sous-sol regorge de nombreuses richesses minérales : on peut y trouver du plomb, du cuivre, du zinc, du cobalt, mais surtout de l'argent. C'est la raison pour laquelle on le surnomme également le « val d'Argent ».

Une vallée traversée par une frontière

À la fin du XIVe siècle, les seigneurs qui possèdent la vallée meurent sans héritier. Un partage a lieu : les ducs de Lorraine reçoivent la partie de Sainte-Marie-aux-Mines sur la rive gauche de la Lièpvrette – la rivière qui coule dans la vallée –, et les seigneurs de Ribeaupierre ce qui se trouve sur la rive droite et qui dépend de l'empereur du Saint Empire romain germanique, un ensemble de territoires plus étendu que l'Allemagne d'aujourd'hui.

Le val d'Argent devient ainsi une frontière politique : la Lorraine d'un côté, et le Saint Empire romain germanique de l'autre. Même si la situation est stabilisée, des tensions existent entre les seigneuries. Chaque puissance administre séparément ces territoires pourtant voisins : les ducs de Lorraine y nomment leur représentant – un prévôt – et les seigneurs de Ribeaupierre un juge. En 1525, un peu avant notre roman, le duc de Lorraine s'inquiète de désordres en Alsace, car les paysans se révoltent contre leurs seigneurs. Avec ses chevaliers, il écrase leur mouvement lors d'une bataille entre Scherwiller et Châtenois – deux villes proches de Sélestat – qui fait de nombreux morts.

Ce qui sépare les deux parties de la vallée, c'est aussi et surtout la langue. Côté lorrain, on parle un dialecte roman, proche du français d'aujourd'hui : le welsche. Tu trouves quelques exemples de welsche dans les mots bizarres que Remy ou son père emploient parfois. Côté alsacien, on parle en dialecte germanique, proche de l'allemand. Cette différence se renforce avec l'arrivée de nombreux migrants germanophones qui s'installent dans la partie de la vallée sous l'autorité des Ribeaupierre : ils sont originaires de Bohême, de Saxe, du Tyrol, où l'on parle également des dialectes germaniques.

Parmi ces nouveaux venus, certains ne pratiquent plus la religion catholique : ils ont adopté le protestantisme, né dans le monde germanique une quinzaine d'années plus tôt avec la tentative de réforme de l'Église catholique menée par Luther, qui a finalement été à l'origine d'une nouvelle religion. Bientôt, les seigneurs de Ribeaupierre, au contraire des Lorrains, opteront eux aussi pour le protestantisme, si bien qu'en plus de la politique et de la langue, la religion sera un élément supplémentaire pour se différencier du voisin. Mais nous n'en sommes pas encore là dans le roman !

L'âge d'or des mines d'argent

Si autant de personnes, à l'image de la famille d'Elsbet, s'installent à Sainte-Marie-aux-Mines, c'est pour une raison bien précise. À la fin du Moyen Âge, on manque de métaux précieux. Les mines de la vallée, anciennes et qui avaient été délaissées, sont remises en activité à partir des années 1460.

La richesse des découvertes attire une main-d'œuvre nombreuse : 2000 à 3000 personnes s'installent sur les terres des Ribeaupierre dans la première moitié du XVIe siècle.

Dans les années 1530, 2000 travailleurs vivent de l'activité minière et assurent à Sainte-Marie-aux-Mines 14 % de la production mondiale d'argent : au minimum, ils tirent 1 600 kg d'argent chaque année des mines de la région.

Chaque partie de la vallée a sa propre administration minière : le juge des mines (*Bergrichter*), qui prête serment à l'empereur et au seigneur, a toute autorité sur les mineurs de la rive droite. Côté lorrain, ce sont d'autres fonctionnaires – comme Monsieur de Reynette dans le roman – et d'autres exploitants qui ont la responsabilité des mines.

Les mineurs travaillent pour ceux qui ont obtenu du juge des mines le droit d'exploiter un filon. Chaque mine comprend un chef mineur élu par l'ensemble de l'équipage. Ce chef supervise l'ensemble des travaux, car il y a fort à faire dans une mine. Les mineurs se rendent dans les galeries souterraines à la lueur d'une chandelle de suif. Pour éviter les inondations, il faut évacuer l'eau des galeries : c'est le rôle des tourneurs de treuil, qui montent des seaux d'eau ou utilisent une roue. Une fois que les « rompeurs » de mine ont creusé avec leurs pointerolles, il faut évacuer le minerai en utilisant des chariots roulant sur des rails de bois et poussés par des « coureurs de chiens », comme le fait Remy dans le roman. Le « chien », c'est le surnom donné au wagonnet qui permet de transporter le fruit du travail des mineurs du fond de la galerie vers la surface, sur le « carreau » de la mine, où se trouvent toutes les installations. Le minerai est alors nettoyé et trié par les *Scheider*, qui le martèlent pour en séparer les parties les plus intéressantes. D'autres opérations ont ensuite lieu, jusqu'à l'obtention du minerai d'argent pur. Certaines de ces tâches sont accomplies par des enfants : leur petite taille est un atout, puisque les galeries sont parfois étroites.

Les enfants travaillent très tôt

Il faut dire que peu d'enfants vont alors à l'école : l'instruction se fait en famille. Il existe bien quelques écoles ou des institutions religieuses dans la vallée, où l'enseignement se fait en latin, mais rares sont les garçons qui y accèdent. Les notables, c'est-à-dire les plus riches, pour éduquer leurs enfants, font appel à des précepteurs. Il faut attendre 1600 pour que la plupart des villages protestants aient une école. Les paroisses catholiques en construisent également aux XVIIe et XVIIIe siècles. Les maîtres d'école sont ceux qui ont reçu une autorisation des institutions religieuses pour tenir la classe : il peut s'agir d'étudiants, de paysans, d'artisans... À Sainte-Marie-aux-Mines, les cordonniers ont fréquemment occupé la fonction de maître d'école ! À défaut d'école, les jeunes travaillent très tôt, et nombre d'entre eux ne voient pas leur avenir ailleurs que dans la mine.

Un imaginaire fantastique autour des mines

L'existence de galeries souterraines intrigue et effraie. Les mineurs et habitants de Sainte-Marie-aux-Mines, en plus de croire au diable et aux sorcières, comme la plupart des gens de cette époque, ont développé un imaginaire rempli de créatures mythiques du sous-sol et de revenants. La vallée ayant attiré beaucoup de travailleurs, chaque migrant a apporté ses histoires et légendes, si bien qu'il est impossible de savoir si certaines croyances sont celles de la vallée ou si elles ont été mélangées à des récits venus d'ailleurs.

Depuis les Romains, les hommes sont persuadés que des divinités, des géants, des monstres, des génies et des esprits vivent sous terre, et qu'on peut y rencontrer des animaux extraordinaires ou y trouver des plantes mystérieuses. On croit par exemple que des géants ont façonné les montagnes et creusé les vallées. Les mineurs ont rajouté à cette liste des gnomes, dont les colères expliquent que certaines galeries s'effondrent, ou encore des lutins, qui font vivre aux humains des aventures extraordinaires.

Grâce au roman que tu viens de terminer se pose désormais la question suivante : les mines du val d'Argent sont-elles peuplées de petits kobolds dansants, ou Remy a-t-il été victime d'hallucinations dues au manque d'air et à la respiration de vapeurs toxiques, ou simplement à sa nature rêveuse et imaginative ?

Nous te laissons seul juge ! Sache simplement que, dans le folklore germanique, les kobolds sont de petites créatures vivant dans l'obscurité des mines. Elles ont mauvaise réputation : les mineurs sont persuadés qu'elles volent l'argent et le cuivre pour les remplacer par des matériaux moins précieux. Dans le roman, on fait leur connaissance à l'occasion du vol du goûter de notre héros. Peut-être n'est-ce pas la dernière fois que tu rencontreras ce petit peuple, à la fois animal et humain, bienveillant et malfaisant, qui, dans l'ombre, nous réserve bien des surprises…

La collection Graine d'Histoire
est publiée avec le soutien
de la DRAC Grand Est et de la Région Grand Est.

PRÉFET
DE LA RÉGION
GRAND EST
Liberté
Égalité
Fraternité

Grand Est
ALSACE CHAMPAGNE-ARDENNE LORRAINE
L'Europe s'invente chez nous

Une histoire inspirée
par la vraie dame de Reinheim

L'époque foisonnante
de l'invention de l'imprimerie

La vie des mineurs
de Sainte-Marie-aux-Mines
au XVIe siècle

1900 : l'Art nouveau

Graine d'Histoire

Tu aimes lire ?
Tu aimes les histoires
qui pourraient être vraies ?

La collection Graine d'Histoire
est faite pour toi !

Une fillette juive vit dans la clandestinité dans Strasbourg annexée

Une plongée au cœur de la chasse aux sorcières au XVIIe siècle

Achevé d'imprimer en septembre 2021
sur les presses de la Sepec Numérique à Péronnas (Ain)
pour le compte des Éditions du Quotidien
4, rue Frédéric-Guillaume Raiffeisen
67913 Strasbourg Cedex 9

IMPRIM'VERT®

Certifié PEFC

Ce produit est issu de
forêts gérées durablement
et de sources contrôlées

PEFC™
10-31-3532

www.pefc-france.org